——愛しい。
覆いかぶさり、体を貪ろうとしている男へと、達哉は手を伸ばした。

illustration HINAKO TAKANAGA

純愛本能
Love of instinct

柊平ハルモ
HARUMO KUIBIRA presents

KAIOHSHA　ガッシュ文庫

イラスト★高永ひなこ

CONTENTS

★本作品の内容はすべてフィクションです。
実在の人物・地名・団体・事件などとは一切関係ありません。

「ヤりたい」

少しも飾らない、それどころかぶん殴《なぐ》ってやりたいぐらい、直球の誘い文句。欲望丸出しの言葉。

けれども、『彼』の言葉だから、拒めきれなかった。

少なくとも、当時高校二年生だった達哉《たつや》には。

重ねられてきたくちびるから逃れられなかった。腕を解《ほど》けなかった。そして、無遠慮に肌《はだ》を暴《あば》きだした指先を止められなかった――。

いつも、達哉は彼の背中を追いかけるばかりだった。しかも、当の相手はそれを気にもとめてくれないことも知っていた。

その男が、まさかそんな台詞《せりふ》を、そんな真剣な顔で、瞳に達哉だけ映して囁《ささや》くことがあるなんて、信じられないほどの衝撃だった。

彼とそんな関係をもつなんてことは、今まで一度も考えたことすらない。達哉はちゃんと女の子が好きだし、男に体を触られるなんて、ありえないと思っていた。

けれども、同じかたちをした体同士を不器用に重ねあい、奥深い場所で交わる行為を、達哉は受け入れてしまったのだ。

なぜなのか、達哉自身にもわからない。

無理やり開かされた脚は筋肉痛になりそうで、股関節はぎしぎしいっていたけれども、いやじゃなかった。奥深い場所で、感じもした。それがごく当たりまえのことのようにも、思えた。

もしかしたら俺はずっとこうしたかったのかな、もっと早くにこうすればよかったのかな……――自分より一回り体が大きい同級生の腕に抱きしめられ、茶色の猫っ毛を大きな手で撫《な》でられて、つながった腰を激しく揺すぶられながら、達哉はぼんやりと考えたものだ。

ときおり視線が合うのがいい。そのたびに、相手がなんとも言いようがないくらい、嬉《うれ》しそうな笑みを浮べるのは、もっとよかった。年よりも大人びた顔立ちをしていて、同級生の誰とも違う高さの目線をしているくせに、顔全体でくしゃりと笑うと、子どもっぽく、いたずらっぽくも見える。大口を開けて笑うたびに、丈夫《じょうぶ》そうな白い歯がよく見えた。ずっと傍《そば》にいたのに、それまで縮まることのなかった距離が、その夜に一挙に縮まったような気がした。

体を離したあと、そそくさと服を着て、ろくに話もせずに帰っていった男を、シーツにくるまったまま達哉は見送った。この日を忘れないだろう、と感傷的になったりもした。優しい言葉も、甘い囁きもなにもない、あっさりした別れ。けれども、不満もなかった。

女じゃないし、恋人でもないし、と思った。そうしたかったからした、それもありじゃないか、と。

ただし、その翌日まで。

＊　＊　＊

「……転校?」

アーモンド型のうす茶色の瞳を大きく見開き、達哉は同級生を呆然《ぼうぜん》と見つめる。

昨日の今日で、顔を合わせるのは気恥ずかしかったけれども、達哉はその気恥ずかしさというものを、ちょっと味わいたくなっていたのかもしれない。

なんとなく来てしまった二年九組は、昨晩体を重ねた、あの男のいるクラス。理系選抜クラスは、休憩時間でも静かだ。みんな机にかじりついて単語帳を開いているようだから、次はリーダーか、グラマーか。単語テストがあるのだろう。

「聞いてなかったん?」

名前を知らないその同級生は、不思議そうに首を傾げた。

「あいつ、『日本の高校、つまんねー』とか言いだして、アメリカの高校に編入したんだってさ。大学まで、あっちなんじゃねー？　いきなりっちゃ、いきなりだけど……。ま、あれだけデキる奴だと、一本キレてんのかもな。あいつらしいっつーか」

同級生が転校したというのに、あっさりしたものだ。この高校の生徒らしいというべきか。それとも、あの男があまりにも規格外だから、なにをしても驚くべきことではないということだろうか。

「ま、よかったじゃん。これで次の実力考査は、野瀬《のせ》の天下じゃないの？　もっとも、いつまでも文系ヘッドの天下にはさせねぇけど。纐纈《こうけつ》と違って、野瀬は人間だしな。俺らでも、射程範囲内っつーか、な？」

軽く肩を叩《たた》かれて、ようやく達哉は我にかえった。

——転校、だって？

昨晩抱かれた体には、まだ倦怠感《けんたいかん》が残っている。あまり考えないようにしているのだが、体の奥に、あの男の存在が焼きついてしまったかのように。

それなのに、よりにもよって達哉に何も言わず、あいつは昨日の今日で転校したのか……？

——いったい、どういうつもりだったんだ……。

近づいたと思ったのに。

誰よりも傍に。

あの男以外誰も知らない顔を、達哉はすべて見せてしまった。

そして、あの男だってそうだったはずなのに。そうだと、思っていたのに！

彼との距離は開いたままだ。それどころか、彼は背中を追いかけることもできない場所へ行ってしまった。そう理解したとたん、達哉の頭には血が上った。

「あ、あいつ……っ」

「は？」

「あの野郎、ヤリ逃げか……！」

腹立ちまぎれに、達哉は壁にこぶしを打ちつける。

そのこぶしが立てためりこむような音よりもずっと、自分のうめき声のほうが、同級生たちを引かせていたことに達哉は気づかなかった。

うかつなことに。

かくて、この一件は、転校していった薄情者の名をとって『纐纈夏生《なつき》ヤリ逃げ事件』として、県立古雅《こが》高校の生徒の間で語り継がれることになった。好奇心と憶測が、混じりあいながら。

それもまた、達哉にとって腹立たしいことに。

——それから、八年。

ACT 1

「一、二、三……。これでよし、と」

野瀬達哉《のせたつや》は、丁寧に綴《と》じられたレジュメを声を出して数える。そして、必要な冊数があることをたしかめてから、チェックシートに印をつけた。

このチェックシートは達哉のお手製で、作るときには一手間必要だが、あればケアレスミスを極力減らせるという、お役立ち品だ。

時計を確認すれば、午後三時少し前。時間はゆとりを見ていたが、思ったよりも早くしあがった。

――これでオッケーかな。

立場上、資料を作ることが多くなって、早三年。そろそろ、雑用にも慣れてきた。

達哉は愛知県にある、国立大学の大学院に籍を置いている。すでに修士《マスター》コースは修了し、博士《ドクター》コースの一期め。順当に、研究者になるための駒《こま》を進めている。

とはいえ、博士課程の一年生なんて、自分がついている教授やら助教授やらの体《てい》のいい手伝いに借りだされることが多く、雑用に追われる日々だ。誰もが通る道だし、特に苦《く》はないけれども。


「Ｄ１の野瀬です。失礼します」

「はい、どうぞー」

ノックして声をかけると、中からすぐに明るい声で返事がある。

両腕いっぱいに抱えたレジュメをずり落とさないように腕に力をこめながら、達哉はドアを開けた。ドアの横には白いプレートがかけられ、『発達領域・湯島《ゆしま》研究室』と書かれている。

「ああ、野瀬くんか。ご苦労さん」

雑然とした本棚が林立していて、置いてある家具はすべて古びている。大きな窓からは、めいっぱい日の光が差しこむ研究室の中で、パソコンに向かっていた若々しい助教授が、椅子《いす》ごとくるりと振りかえった。

彼は湯島京介《きょうすけ》という、心理学発達領域の研究者だ。ここ、大学付属研究施設『ヒト文化研究所』では、いろいろな意味で有名人だった。

彼はまだ三十代半ば。若手の研究者にはありがちで、コットンシャツに色の抜けたジーパンというラフな格好をしている。清潔だが、そんなには身なりにかまわないタチのように見えるけれども、少し長めにしている髪も綺麗に色を抜いており、一見すると、独立行政法人に所属している研究者とはとても思えない。少し下がり気味の目じりには愛嬌《あいきょう》があって、甘く整った顔立ちをしている。

「今週の研究会のレジュメです。どうぞ」

レジュメの束《たば》を差しだすと、湯島は両手でそれを受け取った。長身で、手足が長いから、達哉よりはたやすく紙の束を支えられる。

彼はレジュメを机の上に置くと、一束手にとった。そして、中身を確認するように、ぱらぱらとめくりはじめる。

「ありがとう。君の仕事は早い上に正確だから、助かるよ」

「いえ……」

達哉は、素っ気なく返した。別に湯島に対して思うところがあるわけではなく、これが達哉の素《す》だ。

母親似の女性的な面差《おもざ》しで、いまだ体格も華奢《きゃしゃ》。身長は一七〇にのるかのらないかで止まってしまった達哉だが、どちらかといえば無愛想だ。顔に似合わない短気な性格だと言われることもあるが、知るものか。好きでこういう容姿に生まれついたわけではないし、できることなら達哉だって、もっと男らしい容姿に生まれたかった。

小さなころ、なにかできないことがあると「女みたいな顔をしてるから」などと言いがかりをつけられたことがある。今思えば、子どもらしい理不尽な悪口でしかないけれども、そのせいで持って生まれた勝ち気さは立派に増長されて、たいそう喧嘩《けんか》っ早《ぱや》い負けず嫌いになってしまっていた。

もっとも達哉自身は、周りに言われるほど、自分が喧嘩っ早い性格だとは思っていない。けっこう我慢強くもあるはずなのだが、それとなく匂わせようとするたびに、光よりも早い勢いで却下されてしまうので、心の中にとどめている。釈然としないけれども。

——喧嘩っ早さと我慢強さって同居するのかな。少なくとも俺、研究者目指していどには根気があるんだけどな……。また別の資質か。

レジュメをぱらぱらと見ていた湯島は、ふとなにかに気づいたように顔を上げた。

「そうだ、野瀬くん。すまないが、もう一組レジュメを作ってくれないか?」

「え?」

「実は、言い忘れていたが、この春から、客員の研究員が来ることになってね。オブザーバー的な立場になると思う」

「そうなんですか……」

初耳だ。

達哉は、目を丸くする。

――オブザーバーっていうと、湯島先生と同格か、それ以上の研究者が来るってこと？　なんでまた、そんな大物が……。

一流の研究者の傍で勉強できるのは、ありがたい。大歓迎だが、驚きだった。

およそ研究者らしくない研究者だが、湯島はこれでも名前が通っている。とりわけ、専門分野では『世界のユシマ』なのだ。

湯島研究室は、教育学部心理学科に所属。湯島の専門は学習心理学なのだが、彼はチンパンジーを使った動物実験で名前を挙げた。

大学自体は名古屋市内にあるが、付属施設であるこのヒト文化研究所は、愛知県の外れにある。岐阜県との県境に続く、丘陵地帯の一角を占めていた。

広大な敷地には、理学部と教育学部と医学部の、それぞれ一部の大学院が置かれている。そのため、卒論ゼミをうっかり研究所に属する研究室に決めてしまった学部生たちや、大学からそのまま進学した院生たちは観念して、ため息まじりにローカルな私鉄の駅しか近くにないこの研究所まで通うことになる。他大学出身の院生は、なかなか諦めきれずに、名前に偽りありじゃないかとぶつぶつ言いつづける。それが、毎年四月の恒例行事みたいなものだった。

なぜこんな辺鄙《へんぴ》な場所に研究所を作ったかというと、たくさんの動物、とりわけサル科の生き物を飼育しているためだ。湯島研究室だけではなく、そのほかにも動物での研究を積み重ねている研究室はいくつもある。

とはいえ、慣れたらそんなに不自由なものでもない。

達哉は学部生から進学したクチだが、この研究所の立地には魅力も感じていた。

――俺は、けっこう好きなんだけどな。このローカルっぷりもさ。

湯島の向こう側にある窓からは、緑豊かな研究所の敷地が一望できる。

春の桜は綺麗《きれい》だし、近くには国宝になっている山城《やましろ》もある。景色がいい、のんびりしたところだ。すぐ傍を流れる木曽川《きそがわ》の急流では鵜飼《うか》いや川下りも楽しめる……――とはいえ、達哉は両方未経験だが。

県庁所在地まで電車で二十分、この微妙な地方都市のすぐ近く。これまた微妙な地方都市が達哉の生まれ育った町だから、よけいにこのあたりの空気が肌に馴染《なじ》むのかもしれないが。

このあたりに生まれ育った人間は、地元志向が強い。達哉はずっと地元の学校で、大学も迷いなく、県内の大学を受験した。

そして、今に至る。

「それにしても、どうしていきなりオブザーバーの方が?」

「……まあ、いろいろあってね。学長からもぜひにと言われているし、私も彼が好きだから歓迎するつもりだ」

類人猿、しかも一部チンパンジーにしか愛を注いでないとまことしやかに噂《うわさ》されている湯島の口から、ヒト科の雄《おす》に対して「好き」などという評価が出てくるなんて意外だ。たいていのヒト科の生き物に対して「興味がある」「興味がない」でしか、評価をしない男だというのに。

「実は、去年のアメリカの学会で知りあったんだ。これが、なかなかユニークな男でね。まだ相当若いんだが、最近の『ネイチャー』で、発達心理学系の研究者たちがエキサイティングになってる原因のほとんどは、彼にあるんだよ」

湯島は、楽しそうに笑う。

「ハーバードの妖怪の直系の弟子だが、これがなかなか一筋縄ではいかない男だ」

「ハーバード……」

なんとなく、いやな予感がする。

これ以上、話を続けたくないような。

話を続けると、聞きたくないようなことを聞いてしまうような、胸騒ぎがした。

しかし達哉は、律儀《りちぎ》に恩師の失礼な台詞を嗜《たしな》めた。性分《しょうぶん》だ。

「妖怪……って、もう亡くなってはいますが、あの方こそ、オペラント心理学の総本家じゃないですか。いくらなんでも、失礼ですよ」

「妖怪が死ぬわけないだろ。まだ彼はあの研究室に残っているよ」

魂《たましい》が、とでも言うのだろうか。

科学者にはあるまじき発想だが、言いたいことは達哉にもなんとなくわかる。それほど、始祖《しそ》は偉大だという話だ。

フロイトが、ユングが、エリクソンが、その他の先駆者たちが、骨の髄《ずい》までしゃぶられて、その残した言葉の一言一句を研究されつくされたように。

過去の研究者というのは、現在の研究者にとってはお手本であると同時に、常に批判と否定の対象にもなる。そして、何年、何十年、何百年にも渡る批判と否定に耐え抜いたものだけが、真実になるわけだ。

もっとも心理学に関しては、なかなかそうもいかない。目に見えないものを、正確に捉《とら》え、第三者にわかるように表すのは難しい。

そのあたりが、科学になりきれていないという批判を受けることもあるゆえんだ。

達哉なんかは、人間の心を扱うかぎり、曖昧《あいまい》さはつきまとうのだろうなと考えている。カウンセリングやプロファイリングは、どれも心理学の応用だが、どちらも科学ではなく、技術でしかないのはそのためだ。それでいいのだとも、思う。

湯島は心理学の曖昧さを認めたうえで、常に最新の研究方法を模索して、心理学を厳密に科学にしていきたいと考えているようだ。その熱心さには、頭が下がる。「前提条件を疑え、出てきた数字を疑え、なによりも自分を疑え」というのが、湯島のやりかただった。

その湯島が気に入ったなんて、新しくやってくる研究者は、いったいどういう人なのだろうか。

「彼が痛快なのはね……。オペラント心理学の矛盾点を、端から指摘して歩いているところだよ」

心理学と一口で言っても、いろいろな分野がある。さらにその中で、実は細かく派閥《はばつ》が分かれているのだ。研究者は決して一枚岩ではないし、孤高《ここう》に研究に打ちこめるわけでもない。

とりわけ、大学や研究機関に所属しているかぎり。

オペラント心理学というのは、日本では行動分析学という言葉で表されることが多い。現代の心理学では花形の分野になる。人間や動物の行動を、環境との関わりから捉えようとする一派だ。心理学というよりは、むしろ生物学的な考え方に近いので、あれは心理学じゃないという人もいれば、いや心理学者全員に必要な基礎知識だから、むしろ概論で教えるべきだという人もいる。

湯島のスタンスは、あまりオペラント学派の学者とは反《そ》りが合わないようだ。とりわけ、その総本山と。

だから、よりにもよってその派閥の、総本山の直系の研究者と仲良くなるなんて意外だった。でも、その研究者が、批判的研究者だというのであれば、納得できる。

――あそこの研究室の人ってことは、応用行動分析学メイン。しかも、行動分析学万能主義じゃないのか？　それなのに批判的って、なんていうか、すごい度胸だ……。

よほど肝《きも》が据《す》わった人間に違いない。

「矛盾点の指摘は大切ですが、思い切った話ですね」

ひしひしと、いやな予感が膨《ふく》れあがっていく気はしつつも、達哉は感心したように呟《つぶや》く。

学問の世界は、それがどんな最先端分野を取り扱っていても、けっこう旧弊《きゅうへい》なところがある。少なくとも、自分の恩師や、さらにその上の恩師を批判するならば、それなりの覚悟が必要だ。最悪の場合、研究が続けられなくなるだろう。

「そうだねえ。なにせ、飲み屋のど真ん中で、アルコールの害毒について説明しているようなものだからな。説教じゃないところが、また痛快なんだ。これが。しかも、本人はたいしたことじゃないって思ってるんだよな。誰になに言われようと、非難されても。……尊敬する」

湯島は楽しそうだ。彼のように、ストイックに心理学を科学に近づけていこうとしているタイプの研究者にとっては、そういう研究者は同志とも思える頼もしい存在なのだろう。達哉も、素晴《すば》らしいこととは思う。

けれども、ますます眉間《みけん》に皺《しわ》が寄ってしまうのはなぜだ。

そういう空気を読まない男を、一人知っている。いや、この場合は研究者としてのありかたの話で、己の信じるところを客観的に立証していこうとするのは、むしろ褒《ほ》め称《たた》えられるべきことなのだが……。

――どこかで聞いたような話なのは、気のせい……だよな。

達哉は渋い表情になる。

研究者を志《こころざ》すものとしては、尊敬できる。けれども、そういう相手が日常生活でもマイペースさを貫くならば、はた迷惑なだけだということを達哉は知っている。そういう男が、身近にいるからだ。

――ハーバードの研究者で、発達領域で、しかもオペラント学派の批判的研究者か……。

なんか、ものすごくいやな予感。

しかも若手とくると、ますます限られてくるような気がする。

というか、達哉が知るかぎり、一人だけだ。

とてもよく知っている相手――。

だがしかし、世界は広い。彼以外にも、そういうマイペースかつ己の道を歩くタイプの研究者がいたっておかしくない。

おかしくない、はずだ。

達哉は自分に言い聞かせる。

だって、達哉の知る相手ならば「日本は窮屈《きゅうくつ》だから」という理由で、高校からアメリカに渡ってしまったような男だ。そんな彼が、わざわざ日本に帰ってくるはずがない。アメリカでの基盤もあるのだから。

――だいたい研究者なんていうのは、湯島先生も含めて奇人変人が多いからな。きっと、似たようなやつもいるに違いない。一匹見かけたら、三十匹いるみたいにさ……。

あの男と同じ研究室なんて、ごめんだ。

現実から逃避するように、達哉はぐるぐると考えはじめる。

「今日、来ることになっていたんだが……。ああ、来たみたいだ」

こつこつと、リノリウムの床を鳴らし、響く靴《くつ》の音。そして、ドアが軽くノックされ、湯島がいつものように陽気に返事する。

ドアが開いた瞬間。達哉は一瞬目をつぶってしまった。

目を開いていても、閉じていても、どうせ現実から逃れられはしないけど。


「よっ、京介。久しぶり」

かくて、特徴的なその声で、達哉は否応なく現実に直面させられた。少し癖《くせ》がある、ざらつくような声。さわやかとはほど遠い、傲慢にも聞こえる男くさい声だった。

声だけではなく、骨格が逞《たくま》しい彼は、姿形も男らしい。目も髪も真っ黒で、特に色を入れたり抜いたりもしておらず、しゃれっ気はないのだが、不思議な艶《つや》があった。秀でた額、高い鼻梁《びりょう》。そして、気の強さを表すように一文字に結ばれたくちびるは、口角《こうかく》が上がっている。それが、彼の傲慢《ごうまん》そうな顔立ちに、わずかに少年臭さを与えるのだ。純粋っていうわけではなくて、生意気盛りの悪がきみたいに。

――やっぱりおまえか！

達哉は、がっくりとうなだれる。

考えてみれば、若手で、自分の属している派閥に平気でこぶしを振りあげて、敵ばかり作って、そのくせ熱狂的なファンも多くて、いつも学会をにぎわせているような研究者が、そう何人もいてたまるか。

だがしかし、この場合、何人もいてほしかった……。

「達哉、いたのか！」

その男は達哉と視線が合うなり、駆け寄って、飛びついてくる。部屋の主である湯島のことは放りだして。

「よぉ、一年半ぶり！　元気だったか？」

「でかい図体でしがみつくな！　暑苦しいっ」

自分より一回りも二回りも大きな男にのしかかられ、両腕で抱きしめられて、小柄な達哉は窒息してしまいそうになる。

ところが、相手はおかまいなし。昔から、手加減のできないやつだった。空気が読めない、困った男だ！

「いいかげんにしろ、夏生《なつき》！」

達哉は近づいてくる顔を、どうにかして押しのけようとする。

「だいたい、一年半も音信不通だったくせに……。元気かどうか心配なら、電話してこい」

冷ややかに達哉は言い放ったものの、少々口調が愚痴《ぐち》まじりになってしまった。

そんな自分に気づいて、はっと口を塞《ふさ》ごうとしたときにはもう遅い。しがみついてきているマイペース男は、嬉しそうに笑う。

高校時代から少しも変わらない、明るい笑顔で。

「なんだよ、達哉。もしかして、怒ってる？　おまえ、そんなに俺に会いたかったのか」

「ばかっ、顔近づけるな。頬《ほお》くっつけるな。うざい！」

達哉は渾身の力をこめて、大型犬みたいになついてくるその男を自分から引きはがした。

――音沙汰《おとさた》なしに、人を放っておいたくせに、いい態度だな。

いらだちは募るが、声には出さない。どうせ、この男に言っても無駄だ。

発達心理学分野のホープ、型破りな若手研究者と、ありとあらゆる賛辞を贈られる男……――そのくせ、実生活では迷惑ものでしかない、かつての同級生。纐纈《こうけつ》夏生を、達哉はじろりと睨みつけた。

一応スーツは着ているが、だらしなくネクタイは解けかけ、スーツの前を開けている。

しかし、この多少の乱れは、計算しているわけでもないのに、夏生の野性的な美貌《びぼう》を際だてるのだ。

思わず、目を惹《ひ》かれてしまいそうになる。

「……だらしないぞ」

苦虫をかみつぶしたような表情になりつつ、達哉は夏生の胸元を直した。

夏生に見惚《みほ》れそうになるなんて、最悪だ。名古屋の酷暑は、まだ遠い。暑さで頭がやられるには、早すぎるのに。

「だって暑いんだよ」

夏生は悪びれもしない。

「久しぶりに走ったよ。いや〜、遅刻しそうでさ。セントレアから必死で帰ってきたって。いつのまに、空港移転したんだよ」

「下調べくらいしとけ、この馬鹿！」

達哉は腹立ちをこめて、ネクタイを上まで締めあげる。

夏生はわざとらしく、ぐえっとひしゃげた声をあげた。

なんだかむかついて、達哉は容赦なく夏生の革靴の上から踏んづけてやった。

「すでに十分遅刻だよ、夏生」

まるで外国人みたいに、湯島はお手上げのポーズをとる。

「ところで、うちの野瀬くんと知りあい？」

「高校の同級生なんだよ」

十歳近く年上の湯島に対しても、夏生は敬語なんて使わない。この性格では、日本が窮屈になるはずだ。

夏生はそもそも、小学校の大半と中学をマレーシアで過ごした帰国子女だ。父親が、世界に羽ばたく自動車会社の関連会社の技術者なのだという。

しかしながら、彼の性格が独立独歩——と言えば聞こえはいいが、単に強引かつマイペースかつ空気を読まないだけだ——なのは、育った文化環境のせいだけではないと思う。

たぶん。

直情径行《ちょくじょうけいこう》な彼は、行動と感情が直結している。どちらかといえば、人よりケダモノの血が濃いのだろう。先祖がえりってやつなのかもしれない。

「そうか、同じ年だっけ」

湯島が小さく首を傾げた。

「……そうです」

苦い胸のうちを隠しながら、達哉は頷く。

——こいつ、日本に帰ってくるなんて、一言も言わなかったくせに……！

胸に、落胆が滲《にじ》む。達哉自身、どうしてこんなことで落胆なんかしなくちゃいけないのかわからなかった。そのせいか、いらだちすら感じた。

そして、当の夏生はそんな達哉の胸の内に絶対気がつかないのだ。それを思うと、八つ当たりだとは思いつつ、ますますイライラしてしまうのだ。

――俺が短気って言われる原因の八〇パーセント以上は、夏生のせいだ。

夏生と巡りあって……――いや、彼が高校二年生でアメリカに行ってしまったあの前日以来、何度も何度も浮かんでは消えた言葉が、また達哉の胸を掠《かす》める。

――俺とこいつって、いったいなんだろう。

一年半も、連絡を寄越さない。日本に帰ってくるという話も、教えてもらえない。

そのくせ、顔を合わせると――。

「高校一緒っていうと、古雅《こが》高校か。じゃあ、卒業したあと、アメリカに?」

達哉の複雑な胸のうちを、もちろんまったく知るはずもない湯島は、夏生と楽しげに雑談を続けている。夏生がお気に入りというのは、本当のようだ。もしかして、夏生が人間というよりもケダモノっぽいせいだろうか。

夏生は、軽く首を振る。仕草《しぐさ》のひとつひとつがオーバーに見えるのは、彼が大柄だからだろう。

「違う。高二のときに、思い立って向こうのハイスクールに編入した。そのあと、親の敵《かたき》みたいに単位取りまくり、飛び級しまくりで十九歳で大学卒業して、そのまま研究畑に行ったわけ。ハイスクールは、三カ月しか通ってないな。そういえば」

夏生は、小さく肩を竦める。

「なるほど。十代のころから充実した人生だな」

湯島は、ただ感心している。

夏生の経歴は、華々しい。そして、なにをそんなに生き急いでいるのかわからないほど、びっくりするくらい濃い毎日を送っているのだ。

……達哉を、置き去りにするように。

体の横で、達哉はそっと手のひらを握りこむ。

全身に滲む悔しさを、隠すみたいに。

そんな達哉の様子なんて気づきもせず、夏生は気軽に肩を抱いてくる。

「……驚いた？」

まるで子どもみたいに黒い瞳を輝かし、自分の顔を覗《のぞ》きこんでくる男を、達哉は容赦《ようしゃ》なく小突《こづ》いた。

「子どもか、おまえは」

「なんだよ！　おまえ、あいかわらず凶暴だな。このきれーなツラに似合わず」

夏生は頭を押さえて、ふくれっつらになる。彼は子どもみたいにあけすけに、表情がくるくる変わるのだ。まったく、同じ歳とは思えない。

「悪かったな。この顔も性格も自前だよ」

襟元《えりもと》を掴《つか》んでやろうとしても、あまりにも二人は身長差がありすぎてぶら下がってしまう形になる。それがますます達哉の神経を逆なでして、さらなるいらだちのあまり歯噛みしてしまった。

身長ですら、彼に追いつけなかったのだ。

「……ったく、客員で来たのはいいけれども、湯島先生に迷惑かけんなよ」

ぶら下がっていた手を離し、達哉はつんと顔を背ける。

「うちは動物扱ってるし、特に実験室《プレイルーム》の整理整頓は心がけないと……」

「研究室もプレイルームも、主に野瀬くんが掃除してくれてるから、片づいてるだけなんだけどね」

湯島が横から茶々を入れると、にやりと夏生は笑った。

「おまえ、あいかわらず世話女房だな。いつでも俺のところに――」

「夏生！」

達哉は、問答無用で夏生のネクタイを引っ張った。首根っこを、ぎりぎりと締めあげるように。

「……っ、馬鹿、本気でやんな、苦しいって……！」

「それ以上、一言でもいらん口をきいてみろ。あの世で後悔させてやる」

夏生の耳元にくちびるを近づけ、達哉は低く、ドスのきいた声になる。

「ったく、本当におまえはな……」

夏生はにやりと笑うと、達哉の頬にくちびるを寄せた。

目の前に餌《えさ》を出され、遠慮なく平らげる動物のように。

ざらりとした舌の感触が、達哉のほお骨の形をなぞる。

――な……っ！

達哉の背は、ぞくりと震えてしまった。

――なにしやがるんだ、このケダモノ！

夏生は、にやりと笑う。達哉の神経を逆なでする、嬉しそうな笑みだった。

「前より肉づき悪くなったな。ちゃんと食ってるか？」

「おまえ……！」

よりにもよって、湯島の前だ。いや、二人っきりだったらいいってものでもなくて、一年半も音沙汰なかったくせに、あいかわらず我がもの顔ってのはどういうことだ……――

つまり、なにもかもが気に入らない！

「なんべんでも、死ね！」

達哉は渾身《こんしん》の力をこめて、夏生を殴ろうとする。

ところが夏生は、さっと片手で達哉の右手を止めた。

「おまえね、ゲンコツで殴るのはやめろ。痛いんだから」

「おまえは石頭だから、ちょうどいいだろ！」

達哉は腕を振って夏生の手を解こうとするが、叶わない。この馬鹿力と、心の中で罵《ののし》る。

どうして、こんなにも易々《やすやす》と、夏生を捕らえることができるのだろうか。

夏生は、しみじみため息をついた。

「……おまえの行動には、たまに本気で愛が感じられないときがあるぞ」

「気色《きしょく》悪いこと言うな。そんなもん、今まで一度だってあったことはない」

睨みつけると、夏生はオーバーに天井を仰《あお》ぐ。

そして、にこにこしながら成り行きを見守っていた湯島を振りかえった。

「聞いたか、京介。これが一年半ぶりの再会で言う言葉だと思う？」

「……いや、仲がいいねぇ。むしろ、行き過ぎた友情だな。興味深い。サンプルとりたくなるよ」

湯島は、目を輝かせている。

――もういやだ。どいつもこいつも、研究者なんて変人ばっか……。

自分もその研究者の末席《まっせき》であることは棚に上げ、達哉はため息をついた。

＊　＊　＊

「……ったく、図体だけでかくなって、どうして中身は育ってくれないんだろうな。なあ、ナナ？」

餌のバナナを与えてやりながら、達哉はこぼす。

話を聞いてくれているのは、七歳になったばかりのチンパンジー、ナナだ。名古屋駅前にある巨大人形と同じ名前を持つ彼女は、まだまだ若い女の子で、肌色のお顔もキュートな湯島研究室のアイドルだった。

そして、大事な研究材料でもある。

類人猿を使った基礎心理学のプロジェクトは、世界のあちらこちらで実行されている。このナナもその一翼《いちよく》を担うというわけだ。

研究者というのは、対象を偏愛《へんあい》している人間が多い。かくて湯島はナナを溺愛《できあい》しているのだが、ナナにとっての湯島はストーカーのごとく忌《い》むべき相手のようで、さっぱり懐かなかった。どちらかというと素っ気ない達哉に好意を持ってくれている。そのため、達哉も進んでナナの世話当番を買ってでるようになっていた。やはり、懐いてくれると情も移るのだ。

ナナはつぶらな黒い瞳でじっと達哉を見つめて、達哉の愚痴につきあってくれている。湯島研究室は、院生まで入れて総勢八人。これが、基本のメンバーだ。しかし、湯島は類人猿を偏愛する変態だが、世界的な研究者ではあるので、世界のあちらこちらから客員の研究員が訪れる。

つまり、アメリカの大学でオペラント学派の研究室に所属している夏生が、ある日いきなり客員研究員になるのは、まったくありえないことではない。夏生と湯島は専門は違うが、近接領域の研究者なので、共同研究でもするつもりなのだろうか。しかし湯島は今、ナナプロジェクトで手一杯《ていっぱい》だと思うが。

——夏生が、ナナプロジェクトに加わるってことか？　応用行動分析の研究者が、基礎研究に携わるなんて……。だいたい、あそこのご本尊は故人だが、湯島先生たちみたいな認知系の研究に、否定的じゃなかったっけ。どうも腑《ふ》に落ちないな。そういえば、学長がどうのって言ってたような……。なんだろ、あれ。

達哉は、つい考えこんでしまう。

研究の世界は、清廉潔白《せいれんけっぱく》というわけではない。政治力学《りきがく》が働いて、物事が決められている場合もあった。だから、なにか達哉のごとき一介の院生では知るよしもない事情があっても、不思議ではない。

——気にしてもしかたがない、か。

胸がまた疼《うず》く。

自分と夏生は同じ年。けれども、あちらは学会を引っかき回すような研究をし、エキサイティングな論文の第一著者《ファーストオーサー》として名を連ねているような研究者だ。

それに対して、達哉はただのドクターコースの院生だった。

同級生とはいえ、この差。

夏生はもともと天才肌だ。母校が平凡な県立高校とはいえ、ずば抜けて優秀な生徒だった。

常に達哉は二番手に甘んじてはいたが、彼のライバルではなく、いつも背中を見せつけられている存在だった。

あいつは素材が違うからと、皆は言っていた。

けれども達哉は、そうは思えなかった。その言葉を、自分が彼に追いつけない免罪符《めんざいふ》にするにはあきらめが悪く、負けん気が強かったのだ。

他人と自分を比べつづけるなんて、自分が辛くなるだけだ。

けれども達哉はつい、夏生に挑戦したくなるのだ。いつか彼に追いつき、追い越したかった。高校生の頃から、その想いが変わることはなかった。

人一倍丁寧な研究を心がけているのも、そのためだ。才能では、絶対に敵わない。とはいえ、努力しなかったら、ますます離されてしまうから。

「俺さ、人間小さいのかもな」

達哉は、深々とため息をつく。

バナナを美味《おい》しそうに食べていたナナが、不思議そうに首を傾げた。

「……あいつはあいつ、俺は俺だってことはわかってるんだ。でも……」

弱気な言葉がこぼれそうになった、そのときだ。

「なーんだ、達哉。こんなところにいたのか。よかった、来て。帰る前にさ、噂のナナを見ておこうって思って来たんだけど」

明るい大声が聞こえてきて、達哉はさっと表情を変えた。ほんの少しだけ鬱屈《うっくつ》したものが滲んでいた顔から、つんと澄ました無表情へ。

そして、声の主を振りかえる。

「夏生」

「あ、それがナナ？」

せっかく達哉が直してやったスーツを、ふたたび着崩している夏生が、傍に寄ってくる。

「夏生、ネクタイ解けてる。帰るまでちゃんとできないのか、おまえは」

「結んで」

「アホ」

悪態をつきながらも、達哉はやたらに力をこめてネクタイをしめようとした。ぎゅうっと、鬱憤《うっぷん》をぶつけるように。

だが、ふと手を止める。

勝手にライバル視して、勝手に勝てない自分に引け目を持ってしまう自分が馬鹿みたいだ。こんなに器が小さいから、いつまで経《た》っても夏生に勝てないんじゃないのかと、どうしようもないことを考えてしまう。

周りも、誰もそんなことを思っていない。

そして、夏生本人も。

夏生は他人と自分を比較するような性格ではない。びっくりするくらい周囲に無頓着《むとんちゃく》で、マイペースなのだ。自分自身の研究にひたすらストイックに打ちこめる彼は、湯島と同じように生まれついての研究者気質なのだろう。

それなのに達哉一人だけが空回りして、夏生にライバル心を持っているという現実は、哀《かな》しいというより痛いというより、しょーもないことを、と達哉自身だって思っている。

けれども、夏生の傍にいると、コンプレックスを刺激される。そんな自分はみっともないと思うけれども、無意識のうちに湧きあがってくる感情を押しとどめることが、達哉にはできないでいた。

夏生がそのことに気づかないから、よけいに。

そして二人の関係が、ただの友人ではないからこそ。

——俺が今いらいらしてんのは、きっと八つ当たりなんだよな……。

達哉はきゅっとくちびるを噛みしめると、丁寧な手つきで夏生のネクタイを直してやる。ほんの少しだけ申しわけなくなり、綺麗な結び目を作り、形を整えた。ついでに背伸びをして、収まりが悪く少しくせのある黒髪を直してやる。

「おまえ、ナナの世話係なの？」

夏生は、達哉の背中に腕を回そうとする。「なにするんだ馬鹿」と毒づいて、達哉は彼に背を向けた。

「研究室の人間は、湯島先生以外持ち回りでやっている」

「京介、雑用しないの？　感じ悪ー」

「ナナに嫌われてるから」

「……あっそ」

背を向けて、拒む素振りを見せたというのに、おかまいなしに夏生は背中に張りついてくる。そして、達哉の肩越しにナナを見つめた。

「いくつだっけ」

「七歳だ。……夏生も、ナナプロジェクトに連動して動くのか？」

「いーや。ま、なんかあったら口はさむかもしれないけど。他に、野暮用がいろいろあるからさ、研究所にも毎日来るわけじゃないんだ」

達哉の肩に顎《あご》を載せて、夏生はしゃべる。達哉の頬に彼の硬めの黒髪が触れ、少しくすぐったくもなった。

「……野暮用？」

夏生を引きはがそうとしながら、達哉は尋ねる。しかしながら、夏生の腕の力はいっそう強くなった。

「つまんねー用事だよ」

吐き捨てるように言った夏生の言葉に、達哉はびくっと震えてしまった。夏生はもともと口調が荒っぽいけれども、おおむね明るいしゃべり方をする。こんな苦々しい口の利き方をするのは珍しい。

「どうした?」

「ま、いいじゃん。つまんないことは」

はぐらかされて、達哉はむっとする。心配しているっていうのに、夏生はいつもこうだ。決して達哉には、なにも打ち明けない。一人でなんでも決めて、一人で前に進んでいってしまう。

転校したときだって、そうだった。

普通の友人だというのならば、なにも思わない。

——けれども、俺たちは違う……。いや、夏生にとっては友人以下なのかな。都合のいい玩具《おもちゃ》かもしんないな。

心の中でだけ自嘲気味に呟き、達哉はそっとくちびるを噛《か》む。

「それより、さ……」

掠れた声には、艶が含まれていた。唐突にくちびるが近づいてきたことに気がついて、達哉は思わず夏生にひじ鉄を食らわした。

「おまえっ、痛いぞ今のは相当！」

ひしゃげた声を漏らした夏生は、ぎゃあぎゃあと喚《わめ》きだす。これで、色っぽいムードは台無しだ。もっとも、達哉と夏生の間に、ムードもへったくれもないのだが。あってたまるか。

「ナナの前でなにするんだ、馬鹿」

むっつりと口をへの字に曲げ、達哉は細い眉を上げた。

夏生はじろりとナナを一瞥《いちべつ》して、不満そうに言う。

「わかりゃしないよ、猿じゃん」

「それ、湯島先生の前で言ってみろ。キレるから」

腕組みした達哉は、小さく息をつく。

「なんで？」

首を傾げる夏生に、達哉は滔々《とうとう》と研究室のルールを教えてやった。

「遺伝子差異が一パーセント以下である類人猿は、ヒトにかぎりなく近いっていうのがあの人の持論。それが高じて、先生は『類人猿を一人二人と数えよう』という会を発足するほど、類人猿を愛している。研究所内はもちろん、見学者が来るたびに、啓蒙《けいもう》してるよ」

「さすがだ、京介……。俺の見こんだ男」

夏生は感心したように、うなった。

「変人同士、お似合いだ」

達哉は毒を吐く。湯島も相当だが、夏生だってそれに負けていない。

「研究者なんて、どっかクレージーじゃないとやってられないさ」

夏生は、けろりとしていた。

たしかに、どこか偏執狂的《へんしゅうきょうてき》な気質があるほうが、研究者としては大成するかもしれない。

「そうかもな……」

苦い想いを隠して、達哉は呟く。

素材の違い、というのだろうか。

夏生の傍にいるからこそ、達哉は天才と凡人の違いというものを、わかっているつもりだ。

湯島のような、夏生のような人間と、達哉はまったく違う。

彼らが努力をしていないとは、達哉は思っていない。けれども、最初から立っている場所が違っているうえに努力までされてしまったら、凡人の達哉では到底彼らの場所には追いつけないというのも事実だ。

そのことが歯がゆく、悔しい。

高校時代からずっと、達哉はそれを思い知らされつづけてきた。

それなのに、腐れ縁はまだ続いている。

いつ切れるかもわからない、細い糸だが。

体を重ねるという形で――。

ふたたび、くちびるが近づいてくる。

達哉は、今度は振り払わない。

かわりに、ナナの目を両手で隠した。

にやりと夏生が笑ったかと思うと、くちびるにあたたかいものが触れる。

一年半ぶりの、キスだった。

「ただいま」

わずかにくちびるを触れさせただけで、夏生は離れた。けれども、いまだ彼の顔は、濡れたくちびるに息がかかるほど近くにある。

こんなに近くにいるのに、こんなにも遠い存在はいない。

いろんなことを諦められたら、達哉はもっと心穏やかに夏生との関係を受け入れられるかもしれないが……――たとえ、セックスフレンドでも。

達哉は、単に夏生の高校時代の同級生というわけではない。友人というわけでも、なかった。

高校二年生のあの暑い夏の日から、決してつながって線を描くことのない、点のように刹那的な関係を続けている。

もう、八年も。

「一生顔を見せなくてもいいよ、薄情者」

呟いた達哉は、さっと顔を背けた。

今度こそ、本当に連絡がとだえたのかと、悩みながら過ごした一年半だった。悩む自分自身にも、いらだたしさを募らせながら。

それなのに夏生は、顔を見せればいつも同じ。会わなかった時間なんて、彼の中ではなかったことになっているようだ。

遠く離れて暮らし、いつも達哉と無関係で動いている夏生。達哉を、顧《かえり》みることもない。

それなのに、たまに顔を見せたかと思うと、いきなりすぐ近くまで入りこんでくる。

達哉の最奥まで。

腹立たしいことに、達哉は彼の存在に振り回され続けている。その場かぎりの関係でしかないし、夏生にとっては都合のいいセフレなんだろうが。

夏生に特別な感情があるわけじゃない。けれども、達哉は普通の人間なので、強く抱きしめられ、肌を重ねることで湧く情もあった。
自分でも説明がつかない気持ちだ。

顔を見ると、腹を立てたりいらだったりしているばかりなのに、遠く離れた場所にいる夏生を想うと、ひどく心が静かになることがある。

そして、凪《なぎ》の海のように穏やかになった心の核の部分から、じわりと野火《のび》のように全身に広がっていく感傷が湧くこともあった。

たとえそれが三百六十五日の中の、ほんの数日だとしても。

「そんなことしたら、おまえ泣いちゃうだろ？」

達哉のくちびるをついばみながら、夏生は冗談めかす。

おとなしく口づけを受けながらも、達哉は舌打ちした。

「誰が泣くか」

「だって、俺なしでどうすんの」

「あいにく、おまえなしで一年半過ごしてきている」

達哉は、ナナの目元を押さえていた指先に力をこめそうになり、慌てる。けれども、ぬくもりは優しくて、夏生と話をすればするほどささくれていく心を慰《なぐさ》めてくれる気がして、そこから手が離せない。

「……その前は、一年。もっと前は、半年。どんどん、おまえなしで過ごす時間は増えてるんだ」

それは、埒《らち》もない繰りごとのように聞こえたかもしれない。

達哉はくちびるを噛んだ。

なんでこんなにも、恨みがましい気分になっているのだろう。

夏生に、セックスを無理強《じ》いされているわけではない。多少不本意だったし、意図がわからないながらも、受け入れたのは達哉の意志だ。

生まれて初めて夏生に抱かれた高校二年の夏。あの日が一番、夏生を近くに感じた。

それ以来、何度か肌を重ねたけれども、肌を重ねれば重ねるほど、達哉にとっての夏生は遠い存在になっていくのだ。

皮肉なことに。

「ん、おまえってありがたいよなー。他のやつだったら、こうもいかねぇよ」

詰《なじ》ったところで、夏生は気づいていないようだ。けろりとした顔をしている。

——そりゃ、都合がいいだろうよ。

達哉は、ひっそりと毒づいた。

夏生はマイペースな性格で、自分のペースを崩されることをなによりも嫌う。だから、高校時代からそれなりにもてたようだが、彼女らしき人はいなかった。「いらない」と公言してはばからなかったことを、達哉は知っている。

そのくせ、行きがけの駄賃みたいに、達哉を抱いたのだ。それこそ、転校するからあとくされがなくて、ちょうどいいと思われたのかもしれない。男であれば、恋人だとかきちんとおつきあいだとか、そういう煩《わずら》わしさから逃れられると思ったのかも……——しれない。

夏生は、あけっぴろげな笑みを浮かべる。

「だから、離れてた間のぶんも、触らせろ」

「馬鹿か」

冷ややかに言い捨てても、さも当然の権利のように、夏生は達哉の体をまさぐりはじめた。

夏生が達哉を抱くのは、ちょうど手近にいたからだとか、退屈しのぎだとか、せいぜいそのていどの理由なのだ。自分たちは恋人でもなんでもなく、感傷めいたもので胸を疼かせているのは達哉のほうが間違っているのだろう。

——どうして俺は、こいつとヤっちゃったんだろ。

十七歳のときから今まで、一度も解けたことのない難問を達哉は抱えこんでいる。

あれから、八年経った。それなのに達哉は、いつまでも夏生に振り回されている。最低の、腐れ縁。自分が快楽に流されてしまうタチだとは、達哉は知らなかった。

「……なぁ、今晩おまえの家に行っていい？」

その囁《ささや》きを、どうしても達哉は拒めない。

一年半も放りだしていたくせに、夏生はいまだ達哉を欲しがっているようだ。

軽薄な、ひどい男。達哉がセックスの相手をすることを、彼は疑ってもいないのだ。デリカシーの欠けらもない、小さな子どものように、達哉の気持ちなんて考えてくれない。

彼は高校時代からそうだった。

達哉がむきになるのが面白いと言って、くだらないことでよくからかわれた。煽《あお》られるだけ煽られて、最後は圧倒的な差を見せつけられて黙らされる。そんなことを繰りかえした、一度も勝てなかった高校時代。

どうしてこんな男と、自分はセックスしているのだろうか。

——俺は、きっと悪趣味なんだ。

そして、夏生も悪趣味だ。

「夏生……」

雰囲気を察しているのか、いやにおとなしいナナから手を離し、達哉はようやく夏生を振りかえった。

なんでもないような、どうでもいいことを尋ねるように、そっとくちびるを開く。

「一年半、少しは寂しかったのか？　……手軽にセックスできなくて」

窺うような上目遣いになりそうだった自分を、達哉は押しとどめた。これでは、下心が透けてみえる。なんてみっともない。

「まあね。でも、けっこうあっという間だったよ、一年半は。おまえもそうだろう？」

からりとしたその言葉は、達哉のプライドを見事に打ち砕いた。

しかし、しおれるというよりは、むしろ怒りが掻きたてられる。

「そうかよ！　さぞ充実した一年半だったんだろうな！」

脳天気に笑っている夏生の高い鼻梁を、達哉は思いっきり捻りあげた。

「痛っ、痛いって、達哉！」

「……へんな顔」

子どもっぽいことをしている自覚はあって、なんとなく気恥ずかしくなった達哉は、さっと手を離した。

「おまえ、年々凶暴になってない？」

「誰のせいだ、誰の」

「まったく……。ま、達哉らしいよ。おまえ、本当に面白いよなー。すぐにむきになるんだもん」

ほんのりと赤くなった鼻の頭をさすりながら、ふたたび夏生は達哉へとくちびるを近づけてくる。

いやがるように首を横に振るが、夏生はしつこかった。達哉の頬を両手で挟み、強引にくちびるを合わせようとする。

夏生は昔から、自分がやりたいように振るまう男だった。他人の思惑なんて、まったく気にしない。

「……ん…」

肉厚のくちびるが、触れあう。夏生とキスするときはいつでも、ブランクを感じない。それが、一年半ぶりでも、一秒後でも同じ。

まだ触れているだけなのに、目眩《めまい》がするほどの快感が湧きあがる。頬が熱を帯び、赤く染まったことを自覚して、達哉はくちびるを引き結んだ。

「……中まで、入らせろよ」

くちびるを開けろと命じられて、よけいに達哉はかたくなになる。ざらつく舌でくちびるを執拗《しつよう》に舐められると、薄い皮膚がはがれてしまいそうな気もしたが、それでもくちびるを開かない。

しかし夏生は短気を起こさない。じっくりと、達哉を攻略しようとする。

いつもならば、やりたいように振るまって、叶わなければあっさりと投げ捨てるくせに。

「……っ、ふ…」

夏生は丹念にキスを繰りかえした。驚くほどの丁寧さと、根気強さで、達哉のかたくなさを融《と》こうする。

息が苦しい。

胸が詰《つ》まるような感じがするのは、呼吸が自由にならないせいか。それとも、夏生が触れているからか？

後者だとは、認めたくない。こんなもの、ただの生理的な反応であればいい。熱くなる肌も、ひそやかに息づきはじめた下肢の欲望も。

「あ……」

喉が鳴り、とうとう達哉は陥落《かんらく》する。わずかにほころんだくちびるを、肉厚の舌が強引に割り入ってきた。そして、歯茎《はぐき》や頬の粘膜、そして喉奥まで入りこんでくる。

喉の一番奥をえづくほど刺激される。その感覚は、後孔《こうこう》に夏生を受け入れるときのものにも似ていた。

粘膜を一方的にまさぐりあうこの行為は、睦《むつ》みあうとはとても表現できない。まるで捕食されているような気分になることもあった。

「……くっ……ん……！」

舌を強く吸いあげられ、達哉の呼気《こき》は掠れる。達哉の後頭部の柔らかい茶色い髪を掴んだ夏生は、より深く、喉の奥を舌でまさぐった。

粘膜を弄《いじ》られると、体が芯《しん》からかっと熱くなる。どれだけブランクがあろうが、なかろうが。

むせぶように喘《あえ》ぎと、唾液が溢れてしまった。それをすべて、夏生が音を立てて啜《すす》りあげる。

——なにしてんだろ、俺たち。

場所も時も選ばず、互いのぬくもりを味わっている。それなのに、恋人ではない。体だけの、割り切ったつきあい。

最初に抱かれたときから、ずっとそうだった。

キスに酔いながらも、頭の芯が冷めている。

どうせこんなことをしたって、夏生を今一瞬しか引きとめることができない。体を離せば、どこに行くのかわからない男。そして、どこにだって行ける男だ。

初めて達哉を抱いたあとに、アメリカに行ってしまったように。

感傷的になっているのは、終わりを自覚したあとだったからだろうか。一年半の音信不通にあれだけ悩んだ。それでも、どうしても達哉は自分から連絡を取ることができなかった。

あんな薄情者知るものかと、夏生の存在を頭の中から追いだそうと努力した。ちょうど修士論文の準備や、博士課程への進学など、達哉自身忙しかったおかげで、ずいぶん気が紛《まぎ》れたように思う。

夏生のことなんて、顔を見るまで忘れていた……——つもりだ。

それなのに、またこんなふうにキスしている。

口づけは長く、執拗だった。

ナナの情操教育に悪いなと、達哉は苦々しく思う。

向かいの檻のオランウータンのミチルは、淑女らしく背を向けてくれているようだが。

「おまえんちに泊まってもいいだろ?」

くちびるが離れたとたん、唾液が透明の糸を引く。それを拭いもせず、男らしいくちびるを濡らしたまま、夏生が囁きかけてきた。

「なあ……。ヤらせろよ」

初めてのときと同じ。あいかわらず、心を鷲《わし》づかみにするような、剥きだしの欲情が滴る声だった。

まるで求められているようだ。

彼は嘘つきではないから、求めているのは本当なのだろう。ただそれは、達哉の望んだ形ではなかった。

一瞬ではなく、永遠を、この男相手に欲しがった達哉が馬鹿なんだろうけれども。

「……勝手にしろ」

吐き捨てたのは、せめてもの見栄だった。

だって、絶対に手に入らないものを、自分ばかりが欲しがっているなんて、こんな悔しいことはない。

免許を持っている社会人は、一人一台車を持っているような土地柄だ。達哉《たつや》も当然、通学は車でしている。研究所の周りは景色がいいし、気ままにドライブに出てしまうこともあった。

けれども、今日は助手席に荷物つき。

さっさと家に連れて行け、ヤらせろと言ったのは自分なのに、途中で桜が咲いていることに気づいた夏生《なつき》は、今度は花見をさせろと言いだした。

俺よりも桜か、と達哉はふたたび苦々しい想いをしたのだが、結局のところ、夏生のわがままを聞いてしまった。まったく、なにをやっているんだか。

研究所から実家に帰るまでの道筋には、五条川《ごじょうがわ》という桜の名所がある。川沿いに伝うように、桜が植えられているのだ。

満開はもちろんだが、やがて散りはじめた桜が川面《かわも》を流れるさまも美しい。達哉の実家からも近く、春先の馴染んだ故郷の景色だった。

「どっかで車停《と》めて、花見してかない？」

助手席の窓を開けた夏生は、さっきから達哉を振りかえりもしない。さすがに身を乗りだしたりはしないけれども、ずっと外を見ている。

久しぶりに見る故郷の桜を懐かしんでいるのか、屋台に気をとられているのかは、知らないが。

「どこもいっぱいだ」

「どっかあるって」

夏生がだだをこねるので、達哉はしかたなく、空いている駐車場を探して車を停めてやった。

夏生にこんな甘い顔をしたって、いいことはないのに。

「このへん、出店少ないな」

待ちかねたように車の外に出た夏生は、きょろきょろと辺りを見回す。

「おまえ、いい年してそっちが目当てか……」

「花見の醍醐味《だいごみ》じゃん」

「よく言う……」

達哉は苦々しげに舌打ちしつつ、川沿いを歩く。

花見がいやなわけじゃなくて、夏生の言うことを聞いてしまった自分にいらだっただけだ。達哉だって、桜は綺麗だと思う。

――たまには、いいって思おう。どうせ今年は、まだ花見してなかったしな……。

歩いているうちに、眉間に寄りっぱなしだった皺も少しずつ消えていった。

先ほどから屋台を覗いては、たこ焼きだベビーカステラだとはしゃいでいる男は、あんなにも濃厚なキスを達哉にしかけてきたことなんて忘れた顔で、子どもみたいにくるくると動きまわっていた。

――アホ。

心の中で罵《ののし》りつつも、夏生の子どもっぽい笑顔は嫌いじゃない。昔に帰ったような気がするからだ。

「そういえば、高校んときにも、一緒に桜見に来たな」

通りかかった高校生を見て、思い出したように夏生は呟いた。古雅高校の制服を、彼らは着ていた。母校はここから、自転車で十五分ほどの場所にある。

「二年のとき、一度だけだよ」

自分が通っていたときと変わらない、学生服を眺めつつ、達哉は呟いた。

夏生は首を捻る。

「そうだっけ。おまえとはしょっちゅうつるんでた気がするから、もっと一緒に桜見てると思ってた」

「……気のせいだ。俺は、おまえと高校で初めて顔を合わせたんだし、クラスだって、一度も一緒になったことないじゃないか」

夏生は頭がいいくせに、記憶を都合よく編集してしまっている。達哉は苦々しい表情になった。

達哉は文系だが、夏生は理系だ。二人の母校は二年時から文理が分かれる。だから、一年生のときは違うクラスだった二人が、同じクラスになれるはずがない。

「そういえば、おまえは文系だもんな。なのに、今は同じ研究室ってへんなかんじ」

いまさらのように、夏生は驚いている。

「理系に行ったくせに、心理学やってるおまえのほうが珍しい」

達哉は肩を竦める。

もっとも、日本で一番有名な臨床の心理学者は数学科出身だ。まったくないパターンではないのだが。

「そうでもないいんじゃないか?」

「まだ、こっちではあまり多くない」

　達哉の言葉が納得いかないのか、夏生は首を傾げる。そして、少しだけ真面目な表情になった。

「でも、そのうち増えると思うけどな。どうしたって、大脳生理学は重要だろ、心理学に。おまえらも、もっと体の仕組み勉強するべきだと思うけど」

「俺は、数値化に傾きすぎるのはどうかと思う」

　もうすぐ夕方に近い、柔らかな日差し。桜はとても綺麗だ。しかしなんで自分たちは、こんなところでこんなかたい話をしているんだか。

「そんなんで、追試に耐えられる論文書ける？」

「湯島先生はがちがちの統計学重視派だから、そうじゃないとやっていけないよ。……今のは俺の私見。ちゃんと統計には力入れるよ。毎回妥当性は別項とって検証している」

「そりゃすごいな。京介に迎合してるってわけか」

　あいかわらず、無遠慮に夏生は痛いところをついてくる。

　達哉が応えないでいると、夏生は息をついた。

「ま、いいけど。自分の考えと違うやり方すんの、つまんない気がするけどな」

「つまんないとか、面白いとかで仕事するな。俺はまだ学生だが、おまえは研究者だろ」

「ドクターコースなら、もう研究者の仲間じゃん。心理学なら、博士号とれないまま研究畑に行くやつも多いんだろ。日本だと」

「……まあな」

達哉は、あいまいに相槌《あいづち》を打つ。

日本で一番博士号を取りやすいのは医学博士。その次が工学博士だと言われている。一方心理学は、それなりに取るのに骨が折れる。博士号を持っていない講師というのも珍しい話ではない。

「研究行くんだろ？　ここまで来たら」

夏生の問いに、達哉は即答できなかった。

理由は、傍《かたわ》らを歩いている男の存在だ。

立ち位置の違い、素材の違いを、いやというほど見せつけられている。達哉は、果たして自分が夏生と同じように、研究者としてやっていけるかどうか、自信がない。

夏生と同じフィールドに、立つ自信が。

俯き、黙りこんでしまった達哉に、夏生がなにか言おうとした、そのときだ。

「おい、纐纈《こうけつ》じゃないか！」

顔を上げると、見覚えのないサラリーマンらしき男が駆け寄ってきた。名前を呼ばれた当の夏生も、不思議そうに首を傾げている。

にこにこ笑っているサラリーマンにろくに反応もせず、しきりに考えこんでいた夏生は、やがてぽんと手を打った。

「あ、ひょっとして同じクラスだった……」

「加茂《かも》だよ」

駆け寄ってきた男は、そう名乗った。

「あー、思い出した！」

夏生は満面の笑みを浮かべる。まったく、わかりやすいヤツ。

「ようやく思い出したか！　いつ、こっち帰ったの」

加茂という名前のサラリーマンは、夏生の肩を叩きながら言う。

もともと、地元志向が極端に強い土地柄だ。とくに古雅市は、一流企業の工場が多い都市だった。製造業の大手企業狙いで、製造部門の採用でもかまわないということであれば、地元で採用してもらうのが一番手っ取り早い。あえて、よその市町村に出ていくこともないわけだ。

こうして地元を歩いていると、昔の同級生に出会うことなんて、珍しい話じゃなかった。

——理系のヘッドだった人か。俺が覚えてないのも、しかたないな。

達哉は息をつく。

達哉と夏生の母校である古雅高校は、ごく普通の県立高校だ。

この地方では、公立高校でも普通に成績別クラス分けを行うが、古雅高は中でもそれが徹底していて、近隣の中学生に悪名をとどろかせていた。上位のクラスをヘッド、下位のクラスを一般と中では呼んでいて、使っている教科書から、授業の速度からなにもかも区別されているほどだった。

入学前の春休みには、入試とは別に、クラス分けのための実力考査が行われ、そこから受験に邁進《まいしん》する三年間がはじまるというわけだ。

県立予備校と陰口を叩かれていた母校の校風のおかげで、達哉の負けず嫌いはますます過剰になり、夏生への対抗意識は煽られた。

よくも悪くも、今の二人があるのはあの高校のせいだ。おかげ、とはちょっと言いがたい。

達哉にとっての夏生はたぶん、生まれて初めて目の前に立ちはだかった、大きな壁なんだと思う。そして、一度も越えることができないままだ。

「今日。こっちの大学に勤めることになったんだ」

「へぇ……。今、なにしてんの?」

「研究員。専門は、心理学」

夏生は、さらりと応える。たしかに、専門外の人間にはそうとしか説明のしようがないだろう。

「へぇ……。さすがだな。おまえ、ずっと成績トップだったもんな。二位にぶっちぎりで差ぁつけてさ」

加茂は、懐かしげに目を細める。

——どうせ、ぶっちぎりで差をつけられていたよ。

一度も実力考査で夏生に勝てなかった身としては、何年経っても身に染《し》みる話だ。ライバルでありたいと願っていたぶん、よけいに。

「そういえば、万年二位だった文系ヘッドのあいつ、ほら、野瀬《のせ》だっけ。綺麗な顔して、毎回おまえに負けても、くじけなかったよな。華奢で女みたいに可愛かったのに……。そういや、おまえが転校してった次の日、うちのクラスに来てさー。すごい悔しそうに『ヤリ逃げか！』って言ってたけど」

加茂の脳天気な思い出話に名前を出されて、すっと達哉は青ざめはじめた。

その綺麗な顔とやらを見忘れたのかと、咳払いしてみるが、加茂はこっちを覚えていないようだ。

「……へぇ、達哉がそんなことを」

腕組みした夏生は、にやりと笑う。

「どういう意味だったのかわかんねーし、野瀬本人が一切そのことに触れさせてくれなくて……。ほら、綺麗だけど、おっかなかったじゃん？　それでもって、結局真相は藪《やぶ》の中。あいつの発言だけが一人歩きして、『纐纈夏生ヤリ逃げ事件』として伝説に……」

「それは誤解だな」

夏生は、しかめっつらになる。

加茂は、懐かしげに笑った。

「ま、みんな面白がってるだけだから。勝ち逃げの間違いだろうな、あれ」

「いや、ヤリ逃げたわけじゃなくて、今も」

「……っ」

達哉は無言で、夏生の脇腹にひじ鉄を食らわした。

「いってぇな！　なにすんだよ、達哉！」

「それ以上一言でも余計なことを言ってみろ。生まれてきたことを後悔させてやる」

達哉がどすのきいた声でうめいたとたん、調子よくしゃべっていた加茂が、すっと青ざめた。

「え……っ、達哉って、野瀬達哉……」

加茂は、ずいっと顔を近づけてきた。

達哉はため息をつく。

「どーも。万年二位だった、野瀬だけど」

「うわ、本当だ。なんか、当時の野瀬のまんまじゃん？　てゆーか、俺、遠くからしか見たことなかったから気づかなかったけど。おまえ、年とってないの？」

「俺が童顔だって言いたいのか」

達哉は眉間に皺を寄せる。いくら同級生だからって、加茂は遠慮がないことを言う。さすが、夏生の関係者。

「いや、そういうんじゃないけど。へぇ……。いるんだな、本当にこういうヤツ。おまえら、今も仲いいの？」

加茂は、夏生と達哉を見比べた。

「てゆーか、同じ研究所なんだ。今日から」

夏生は、達哉の肩を抱く。

「同じ研究員仲間ってわけ」

同じ、というその言葉は、達哉の胸に複雑な感情を湧かせた。

もし達哉と夏生の立場が逆だったら、どうだろう。達哉は夏生のことを、『同じ仲間』だと気負いもなく言えるだろうか……。

——やっぱり、俺は人間小さいな。

こういうとき、達哉は夏生には敵わないと思う。人間的欠陥は多々あれど、夏生のこういう気性に達哉はどうしようもなく惹かれる。

彼は空気を読めない、マイペースで困った男だ。けれども達哉は、自分にない彼の屈託のなさ、常に人と接するときには自然体であるところには、憧れめいた感情も持っていた。

絶対に、知られたくないけれども。

達哉は本当に小市民で、どうしても夏生のようにはいかない。相手の存在を意識して、よせばいいのに自分と比較したりしてしまう。自分と相手の立ち位置を考えて、なんとなく行動をしてしまう。

もちろんそれは、社会生活を営む上では必要なスキルのひとつではある。けれども、そんな自分がときおり、達哉はたまらなくいやになった。

染まっちゃったな、と思うこともある。

息苦しさを感じつつ、そういう社会的なしがらみにがんじがらめになっていることを、割り切ることもできない自分の性格は、潔《いさぎよ》くないと思う。子どもだな、とも。こういう未熟さが、たまらなく疎《うと》ましい。

だから、自分と正反対の夏生に魅力を感じてしまうのだろう。

「えっ、同じところに勤めてるのか。そりゃまた……」

加茂は、目をしばたたく。

「おまえら、もしかして本当にデキてたのか？」

「いや実はさ」

口を開きかけた夏生を制するように、達哉は夏生の足を踏みつける。夏生が「痛いって言ってるだろ！」と叫ぶが、聞いてやるものか。

「偶然だ」

達哉は、夏生を突き飛ばすように前に出て、加茂にはっきりと断言した。

「俺は、まだ博士課程履修中。夏生は客員の研究員だから、待遇全然違うし……。夏生が日本に戻ってくるなんて、今日までまったく知らなかったんだよ」

「そっか。野瀬って、どこ行ったんだっけ」

大学名を教えてやると、加茂は納得したようだ。

「なるほどね。ハーバードの研究員が留学してくるわけだからな、県内だとおまえんとこだけだよな……」

研究員の留学先というのは、別に大学の偏差値で選ばれるわけではない。しかし、内部事情の説明は面倒なので、達哉は黙って加茂の思いこみをスルーする。

「そういえば、加茂は今、なにやってんの?」

夏生は達哉の両脇を手で挟んで、横にどかした。

「俺? 俺は公務員。市役所のおにーさんだよ」

よく見れば、加茂のスーツの胸には、市のマークが刻まれた金の記章がはめられていた。

地元指向が強い地方にありがちなことに、達哉たちの地元の市役所は、「古雅高校大同窓会」と言われているくらい古雅高出身者が多い。

「市役所のおにーさんが、こんな時間になにしてるんだ?」

「花見の席とり。うちの部署、俺が一番下《した》っ端《ぱ》でさー」

親方日の丸もたいへんだ。

夏生とクラス会の約束をとりつけてから、加茂は去っていった。

「あいつ、九組?」

加茂の姿が見えなくなってから、達哉はこそっと夏生に尋ねる。

夏生は、軽く頷いた。

「そ、二年のときのクラスメイト。って言っても、俺は夏休み直前までしかいなかったのに、よく覚えてたなぁ」

九月のアメリカの新学期にあわせて転校していった夏生は、しきりに加茂が自分を覚えていたことを感心している。たぶん、夏生のほうはほとんど加茂を覚えていなかったのだろう。

「……おまえを忘れられるやつが、いるもんか」

達哉は、ぽつりと呟いた。

「なんか言った?」

「空耳だ」

達哉は、先に立って歩きだす。

夏生は他人にも無頓着《むとんちゃく》だが、自分にも無頓着だ。はた迷惑な男だが、なんだか妙にさっぱりしたところもあって、そういうところが同性に好かれる理由の一つなんだろう。へんな気遣いだの駆け引きだの、彼の前ではみんな無効になるから、妙に構えたりしなくていい。本当に気楽につきあえるのだ。

もっとも達哉には、そんな夏生の性格が眩しくて、羨ましいと同時に……——コンプレックスでもあった。

夏生と達哉は、クラスが一度も一緒になったことはない。しかし、生徒会で一緒だったこともあり、それなりのつきあいがあった。親友というのは面映ゆいが、マイペースで単独行動が多かった夏生にとっては、おそらく一番傍にいた同級生だろう。

けれども達哉の胸には、夏生への純粋な好意だけがあったわけではなかった。

それは達哉の性格上、どうしようもなく引っかかってしまうことではあるのだが、けれども「どうしようもない」なんて一言ですませるのも卑怯《ひきょう》な気がする。

自分はいやなやつなんだと、達哉は苦く思う。

もっとも、達哉の複雑な胸のうちに、夏生は例のごとく無頓着なのだが。

夏生は黒い瞳を、くりっと一回転させて、達哉の目を覗きこんできた。

「ところでさ、達哉。『ヤリ逃げ』ってなんだよ？　ちょー人聞き悪いのな」

「……夏生」

達哉はぴたりと足を止めると、くるっと夏生を振りかえる。

「な、なんだよ」

「自分の胸に聞いてみろ。このデリカシーゼロの無神経野郎！」

まともに相手なんかしていられない。

——あ、ありえない……っ。自覚ないのか、マジで！

もう何年も前のことだが、うすうす思っていたことを駄目押しで確信させられて、達哉

は頭に血を上らせてしまった。

つまり夏生は、ちっとも罪悪感なんか持っていないわけだ。

あの、高校二年生の夏のできごとに対して。

——そりゃそうだよな。ちょっとヤりたくなったからヤった、そういう人間の血が薄い男だよ、おまえはよっ！　このケダモノ！

達哉は前につんのめるように、ずかずかと歩きだす。

これ以上話をしていたら、本気でキレてしまいそうだ。とにかく、夏生から離れたかった。

ますます、自分が惨めになりそうで。

「おい、ちょっと待てって、達哉」

どれだけ早足で歩いても、元のコンパスの長さが違いすぎる。長身の上に足の長い夏生に、達哉はあっという間に追いつかれてしまう。

背中から、長くたくましい腕が伸びてきた。

「なにするんだよ！」

うしろから抱きしめられ、達哉は焦った。

夕方近く、そろそろ人出が増えはじめるころだ。特にここから十分ほど歩くと、特急が停まる駅がある。古雅市にあるさまざまな工場から帰っていく人の群れが、利用する大きな駅だ。人通りも多い。

「なぁ、なに怒ってんの？」

夏生は心の底から不思議そうな声で尋ねてきた。

「おまえには説明したってわからない」

「でも達哉は、いつも俺に、『説明の過程をすっ飛ばすな』って言うじゃん。それなのに、おまえは説明しないわけ？」

「それとこれとは別だ」

天才肌の夏生の言動は突拍子《とっぴょうし》もなく、よく周りの人間を置き去りにする。

おまえはもっとコミュニケーションをとる努力をしろ、人《ひと》に間《あいだ》って書いて人間ていうんだよと、どこかで聞いたようなことを高校生時代の達哉がくどくどと説教しつづけたのは、ひとえに二人が揃《そろ》って生徒会の役員だったからだ。

夏生が会長。そして、副会長が達哉。そして、二人が一緒に生徒会にいた間、ひたすら達哉が夏生のおもり役だったのだ。

そもそも古雅高校の生徒会役員というのは、押しつけあいだった。クラスから男女一名ずつクラス委員という犠牲者が出、その中からさらに、五名ほどの生徒会役員がイケニエとして選出されるというやる気のなさだ。

その日、夕方から再放送していたドラマを見るために早く家に帰りたくて、話しあいにケリをつけたいあまりに会長に立候補した夏生と、顧問の推薦でしぶしぶ話を受けた副会長の達哉というやる気のないコンビだったが、そもそも行事がさかんではない学校だったので、なんとか一年半を乗り切ったわけだが……——それはともかく。

思えば、一緒に生徒会なんてやるから、よけいに達哉から夏生へのライバル意識は強くなったのかもしれない。

開校はじまって以来の天才とうたわれた夏生も、傍にいた達哉から見ると、手のかかる、少々ケダモノに近い厄介《やっかい》な同級生でしかなかった。

彼の突拍子もない行動は、周囲にはまったく理解されず、とことん集団行動に向いていなかった。おかげで、なぜか世話係になってしまった達哉はずいぶん夏生に振り回されたものだ。

あの高校時代の経験で達哉が夏生に関して理解できたのは、ちっともこっちを見ていないということだけ。すぐ傍にあるもの、自分が簡単に手に入れることができるものには、興味を示さない男なのだ。

だから、振り向かせたくなったのかもしれない。

負けず嫌いというのも、厄介な性癖だ。

達哉は、深々とため息をつく。

あれから八年経った。それなのにまだ振り回されている自分が、いっそ哀れだ。

「どうしたんだ、達哉？」

背中にべったりと張りついてきた夏生は、不思議そうに首を傾げている。彼にはまったく、周囲を振り回している自覚がない。

——相手がこいつじゃ、気遣いも負けん気も空回りなんだよな……。

達哉は、夏生の頭を軽く小突いた。

「うっとうしい。それに、こんな公衆の面前で抱きつくな」

「おまえ、本当に容赦ないな……」

達哉が叩いたところをさすりながら、夏生がぼやいている。

「ケリを入れないだけ、マシだと思え」

達哉がつんと顔をそむけると、夏生は小さく声を潜め、耳打ちしてきた。

「あんまり冷たいと、ここでキスするぞ」

「置いて帰るぞ」

冷ややかに一瞥すると、本日のドライバーが誰なのか、ようやく夏生は思い出したらしい。

「わかった。じゃ、続きは二人になってからな」

「アホ」

夏生を追い払うように、達哉は手を振る。

「車に戻るぞ」

「なにおまえ、そんなにヤりた――」

「その減らず口どうにかしないと、川に突き落とすからな！」

有言実行。達哉は夏生を思いっきり蹴りつけようとする。ところが夏生は、大きな体に似つかわしくない敏捷《びんしょう》な動作で、達哉をかわした。

「うわ……っ」

蹴りをかわされてよろけた達哉を、夏生は片腕で支える。そして、おそるおそるといった口調で、尋ねてきた。

「おまえ……。今、股間狙って蹴ってこなかったか？　なあ？」

「……いいじゃないか、避《よ》けれたんだったら」

婉曲《えんきょく》に肯定してやると、夏生は本気で憤慨《ふんがい》しはじめた。

「ひとつもよくねー！　役に立たなくなったら、どうすんだよ。おまえが困――」

「学習機能がついてないのか、おまえは！」

顎を下から狙うようにこぶしを振りあげると、夏生は本気で舌を噛んだようだ。涙目になって、背中に張りついてくる。

「なあ、なんでそんなに怒ってるの？」

「説明するのもアホらしい」

冷ややかに吐き捨て、背中に自分よりひとまわり大きい男を張りつけたまま、達哉は歩きはじめる。

――ったく、本当にデリカシーがないな、こいつ……。

これで毎日一緒の研究室で過ごすようになったら、達哉の繊細な脳の血管が切れてしまいそうだ。卒中起こしたら、いったいどうしてくれるんだろう。

――でも、デリカシーないのは、今にはじまったことじゃないか。

背中には大柄の男が張りついたまま。いまいちセンチに浸ることもできないが、達哉は八分咲きの桜を眺めた。

この川の景色は変わらない。

そして、こうして一緒に桜を見て歩く自分たち二人も、ちっとも変わらないようだ。

――あれから、八年か。

即座に、彼と特別な関係になってからの年月が出てくる自分が、いやになる。

でも、到底忘れられはしない。

今、背中に張りついている男に初めて抱かれた、あの日のことは。

ようやく梅雨が過ぎ、暑くてたまらなかった。

あれは、八年前の夏――。

*　*　*

「ヤらせて」

訪ねてくるなり、同じ生徒会役員仲間である男はいきなりそう言った。

味も素っ気もない。言葉を飾る必要なんてないのだと、言わんばかりの口調で。

「……なに言ってんの?」

麦茶とお菓子を運んできた達哉は、思わず持っていたトレイをひっくりかえすところだった。

時間は、夕方の七時。そろそろ夕飯という時間に、アポなしで他人の家への突撃は、高校生になったらあんまりしないんじゃないだろうか。

しかし、訪ねてきたのが非常識上等、俺様常識ナンバー1の生徒会長殿とあっては、人としての道理を滔々と説いたあとに、家に上げざるを得なかったのだ。

しかし、イレギュラーな訪問は、さらに想像もしなかった展開へと突き進んでいこうとしていた。

夏生は生真面目な顔で、ラグマットの上に正座する。

「いや……。おまえとは、雌雄《しゆう》を決しておこうと思って」

「だから、いきなり結論から述べるのはよせって、いっつも言ってるじゃないか」

なんとか平常心を取り戻し、トレイをフローリングの上に置き、達哉もラグマットの上に正座する。

「だいたい、雌雄を決するもなにも、どうせ俺は、どの科目でだって、一度もおまえに勝てたことないし……」

だんだん声が小さくなっていくのは、悔しいからだ。

いつでも夏生の背中を追いかけるだけだった、自分が。

ライバルにもなれないということが。

「いや、そういうわけじゃなくて」

夏生はため息をつくと、いきなりあぐらをかいた。

「俺さ、やり残してることがないかどうか、考えたんだ」

「は？」

「で、考えたら……。こう、おまえの顔思い出して、むらむらっと」

「……むらむら……って、おまえ」

達哉は、思いっきり引いた。どん引きだ。ようやく、夏生がなにを言おうとしているかに気がついたのだ。

しかし腰が引けている達哉に対し、夏生は身を乗りだしてきた。

「だから、一発ヤらせて」

ここまで赤裸々な相手に、いったいどうやって対応すればいいのか。

呆然としながら、達哉はとりあえず、夏生に対して誤用を訂正してみた。まともに、つっこみかえすこともできなかったのだ。

「雌雄を決するって、オスメス決めるっていう意味じゃないよ、夏生……」

「そんなんわかってるし」

呆れたように、夏生は眉を上げる。

「じゃあ、どうしてそこでヤるだのヤらないだのっていう話に」

「ヤらないなんて言ってないって。ヤりたいんだって」

「ちょっと待て……！」

いきなり腕を引かれ、胸に抱きこまれて、達哉は仰天《ぎょうてん》する。しかし、ろくに抗《あらが》うこともできず、気がつけばラグマットの上に、押し倒されていた。

その衝撃で、麦茶に入れた氷が音を鳴らす。氷が溶けて、薄まった麦茶ちょーマズソウ、と達哉はどうでもいいことを考えた。

どうでもいいことしか考えられないくらい、混乱していたのだ。

達哉の上にのしかかってきた夏生は、低く声を潜める。

「なあ、ヤらせて。餞別《せんべつ》だと思って」

「おまえ、頭大丈夫？」

冷ややかに言いながら、達哉の心音はどんどん速くなっていく。

夏生が、じっと達哉を見ている。食い入るように。その黒い瞳には、達哉だけがくっきり映っていた。

それに気づいたとたん、達哉の心臓は飛びだしそうになった。

夏生が今まで、こんなふうに自分を見たことがあっただろうか？

達哉がむきになって、どれだけ彼のライバルになりたいと躍起《やっき》になっても、視界に入ることもできなかった。いつでも掴みどころがなくて、ここじゃないどこかを見ていた。

「ちょー窮屈」などと言って、息苦しそうにガクランの襟元をゆるめていた。受験という一大イベントに向かって、誰も彼もが踊らにゃ損々とばかりに邁進している学校の中で、彼一人だけマイペースで。

そんな夏生が。

——こんなときだけ。

達哉は、くちびるを噛みしめる。

最初のインパクトは入学式早々の実力考査。これが、私大の筆記試験や国立大の二次試験の問題をセレクトしているという、高校一年生にとっては難易度が高すぎるテストなのだが、そのテストで見事に全教科偏差値八〇オーバーで、上級生まで「どいつよ、纐纈って」と一年生の教室に見学に来たという纐纈夏生という同級生の名前は、大きく水をあけられて二位だった達哉の心に深く刻まれた。

お互いにクラス役員になったせいで、なにかといえば顔を合わせるようになり、人となりを知って、達哉はますます彼を意識するようになったのだ。

達哉はどちらかというと、こつこつと努力するタイプだった。「全然勉強してないって」と言いつつ、毎日二時間はきっちり勉強している。両親が教師だったせいか、そういう生活習慣を叩きこまれて、あまり疑問に思ったこともなかった。

一方夏生は、達哉が努力してこなしていくことを、なんでもないような顔で乗り越えていった。なににつけても、才能の違いというのを痛感させられたものだ。

母校はすべてのテストの結果の上位者だけ職員室前に張りだして、これまた生徒間の競争心をたっぷり煽る、いやなシステムになっていたわけだが、みんながその結果を見て騒ぐのに対して、渦中《かちゅう》の夏生はどうでもよさそうな顔をしていた。

それが、達哉の負けん気を刺激したのだと思う。

仲は悪くなかったかもしれない。常に会話はけんか腰だったけれども、誰よりも隣にいた。しかし、達哉は夏生にまともに相手にされていないことは知っていて、それがとてもむかついて、ますますムキになっていった……——そういう、友人とも言えない、不思議な仲。

それが、今まで続いてきた。

まさかこんな形で、関係が大変革するなんて、思ってもいなかった！

「ちょークリアだけど」

夏生は、すっとぼけた表情をしている。

「アホか」

達哉は、深々とため息をつく。

その顔を見ているうちに、少し冷静さが戻ってきた。

「見境なくサカってんなよ。発情期か」

「いや、だから、そういうんじゃなくて……。ま、いいや。なんでもいいから、とにかくヤらせろ」

体の上で、どうして同じ歳の男に駄々をこねられなくっちゃいけないんだろう。今日は厄日《やくび》だ。

「男相手に、『はいどーぞ』って言えるわけないだろ！」

達哉は言いながら、夏生を押しのけようとする。

しかし夏生は、不敵な笑みを浮かべた。

「なんだ、怖いのか？」

「どうしてそうなる」

挑発的な言葉に乗っては思うツボだっていうのに、達哉はついつい、夏生に素で反応してしまった。

「じゃあ、なんでいやがるんだよ」

「常識で考えろ」

「ヤりたいとかヤりたくないとか、そういうのになにか常識あんの？」

夏生は、大きく首を傾げた。

「男同士じゃ、普通ヤんないんだよ！」

「でも、ヤりたいんだもん」

ぐったりと、体から力が抜ける。

そもそも、夏生に人間らしい感情の機微《きび》を期待するのが間違いかもしれないが……――

これでは、胸を高鳴らせてしまった達哉の立場もない。

冷静さを装いながらも、まだどきどきしているのに。

「ヤりたいって言い方が、悪いわけ？　……じゃ、言い方変えてやる」

掠れた声で、夏生は囁く。

「俺は、おまえが欲しい」

さっきまでは、まるで幼稚園児みたいに駄々をこねていたっていうのに、いきなり甘く掠れた声を出すなんて反則だ。

達哉の肌は、ざわっと総毛《そうけ》立つ。

――欲しい？

その言葉を反芻《はんすう》する。

ヤりたいのも欲しいのも、要するに夏生の主張していることは同じ。けれども、そんな声で「欲しい」と言われると、頬が熱くなってきてしまった。

「……言い方かえても、同じだろ」

返答が一瞬遅れた、その間に含まれた達哉の微妙な感情を察したのか、夏生はにやりと笑った。

そして、達哉の耳にくちびるを近づけてくる。

まるで、駄目押しみたいに。

「欲しい、達哉……」

「……っ」

熱い息が、頬にかかる。

そう思った瞬間、達哉は目をつぶってしまっていた。どうして、そうしたのかわからない。あとから考えると、あれが間違いだったのだ。

まるで、捕食されるのを覚悟する動物みたいな真似。おとなしい草食動物だって、そこは走って逃げるだろう、普通は。

それなのに達哉はあのとき、夏生に捕まってしまった。

無理に押し倒されたとか、押しの一手で流されたとか、そういう言いわけは一切許されない。誰が許しても達哉自身が許さない、そういうラインを自ら越えた。

夏生に、全部差しだしてしまったのだ――。

くちびるが触れる。

常人の理解の範疇《はんちゅう》を超えた性格がミステリアスで格好いいという奇特な女生徒はそれなりにいて、先行投資を豪語する計算高い女はそれよりももっとたくさんいて、夏生は女子にモテていたと思う。

けれども、キスは歯と歯がぶつかりそうになるほどぎごちなかった。

くちびるを切らずにすんだのは、歯よりも先に、鼻の頭がぶつかったから。

「……ちょっとずらさないと、駄目なのか」

ぽつりと呟いた夏生は、そっと顔を傾けた。そして、今度こそくちびるが触れた。

「……っ」

達哉はその瞬間、全身に力をこめた。そうしないと、自分がなにを言ってしまうか、わからなかった。

するりと、心の奥底にあったものが溢れそうになったのだ。

くちびるを押しつけあうような、キスをかわす。浸るどころじゃなくて、無我夢中だった。

あとになって振りかえると、本当に拙《つたな》いキスだった。達哉は初めてで、たぶん夏生も初めてだったんだと思う。

何度も繰りかえすうちに、かたかったキスは、柔らかく熟《う》れていく。

「……ふ…ぅ………っ」

がちがちに硬くなっていた体から、力が抜けはじめた。キスはどんどん深くなっていって、触れている時間が長くなる。

でも、あまり長い間くちびるをくっつけあっていると、苦しくてしかたがなくなる。くちびるを半ば開くように喘ぐと、やがてその何度目かのときに、夏生が舌をねじこんできた。

「……っ!」

ぬるりとした独特の感覚が口腔《こうこう》に与えられ、達哉は大きく目を見開く。

——うそ……っ。

他人の舌でねぶられるなんて、もちろん生まれて初めてだった。全身が、うっすらと汗を掻きはじめる。ただ、入れられただけなのに。

夏生は不器用に、達哉のくちびるを貪りだした。まるで噛みつくようで、愛撫《あいぶ》ともいえない、愛撫。むしろ、食餌《しょくじ》みたいに。

くちびるを甘く噛んで、舌で口腔をそろそろと探る。それは本能的な動きなのだろうか、舌は達哉の喉深くを目指す。刺激されたせいで溢れはじめた唾液が淫らな水音を立て、達哉の口の端から溢れた。

「……っ、ふ……」

溢れた唾液が気管に入りかけたのか、達哉はむせてしまう。すると夏生は、深く咬みあわせていたくちびるを、ようやく解いてくれた。

「……な、に……する……」

むせながら、とぎれがちに達哉が問うと、夏生は達哉の口元に舌を這《は》わせながら言う。

「黙ってろって。俺に好きにさせとけよ」

「なんで、そんな」

「欲しいって言ってるじゃん」

もはや会話になりもしない。

どうして欲しいのかと、つっこんで聞いてやりたかった。だいたい夏生は、いつもいつも結論だけを口にする。そして、周りを煙《けむ》に巻く。

——俺、今、夏生に煙に巻かれてるのかな……。

だから、抵抗できないのだろうか。

欲しいという言葉が、胸に重く沈みこみ、達哉の動きを鈍くしている。

夏生は、およそ他人に興味がないのに、誰かを欲しがったりすることなんてなさそうなのに、もしかしたら、達哉だけ特別ということか？

そう思った瞬間、達哉の胸を強い衝動が揺さぶった。

別に、夏生にこんなふうにしてほしかったわけじゃない。

達哉は普通に女の子が好きだし、今の季節の透けるセーラー服に、普通に胸をときめかせていたのだが……――でも、夏生に「欲しい」と言われたときほどのときめきはなかった。

――夏生が、俺を。

達哉の呼吸が落ちついたのを待って、また夏生がキスをしてくる。万事《ばんじ》が自分のやりたい放題の夏生が、達哉の様子を窺った。気にしている。これは快挙だ。

いつも一方通行だったコミュニケーションが、双方向のものになった。少なくとも、達哉はそのとき、そう錯覚してしまった。

そのとたん、どうしようもなく体が熱くなった。

男同士だというのに嫌悪感はなく、興奮すらしていた。

重なりあう下半身を、意識する。そこはたまに自分で触れるし、なにかの弾みで硬くなることはあったけれども、まさか夏生とのキスで熱くなることがあるなんて、想像もしていなかった。

「……あのさ、俺はもう、ちょっと前から勃《た》ってんだけど」

夏生が、ぼそっと呟く。

「おまえは……？」

「知らない」

達哉は、閉じたまぶたに力をこめる。

「こっち見ろよ」

「いやだ」

「くそっ、じゃあ俺が見てる」

夏生は、本末転倒《ほんまつてんとう》なことを言いだした。

達哉は、思わず吹きだしてしまう。

「わけわかんないよ、それ」

「さっきから、おまえそればっか」

「だって実際、わけわかんないことばっかだし」

一番わけがわからないのは、こんな行為に甘んじている自分自身だ。

「触っていい？」

「触ってるじゃん」

「ばっか、だからさ……」

夏生にいやらしい耳打ちをされてしまい、達哉は首筋まで赤くなった。

「おま、なに言って、あのな……っ！」

「……脱がねぇ？　このままだと、汚れっちまうし」

達哉は、とても返事できない。

とうとう鼓動が、どくどく、を通りこし、どどどどど、になりはじめた。心臓が、どうにかなりはしないかと、心配になる。

達哉が身を竦めていると、体の上で夏生がごそごそ動きだした。

達哉はつい、薄目で夏生を見てしまった。

しかし、次の瞬間に後悔する。

――うーわー……っ。

夏生はTシャツを脱ぎ捨て、上半身裸になっていた。彼のそんな姿を見るのは、初めてだ。

しかも、彼はがちゃがちゃとベルトのバックルを鳴らしながら、下肢をくつろげようとしている。

「……マジ？」

「お、ようやく目を開けたのか」

達哉はせっぱ詰まった声を漏らしたというのに、夏生はのほほんとしたものだ。しかし、下半身はしっかり大きくしている。

彼のそれはすでに大人で、まだ子どもっぽい達哉のものとは形も違った。

「なあ、ツレの弄《いじ》ったことある？」

「あるわけないだろ！」

自分の下半身を剥きだしにしたと思ったら、夏生は次に達哉の下半身に手を伸ばしてきた。硬くなりかけているものに触れられ、達哉は喉を鳴らす。

「見せあったことは？」

「つ、通常状態で……っ」

「弄ったりしなかった？」

「好きじゃないし、そういうの」

小学生時代の修学旅行の夜、強制的に集団での自慰に参加させられたことはあるけれども、あんまり気持ちいいものでもなかった。でも、渋っていたら「達哉は女みたいな顔してるから」とからかわれそうで、つい下着を下げてしまったのだ。

そんなところで負けん気を発揮しなくてもよかったのにと、今となっては後悔している。

「俺、やったことあるけど、あんまりたいしたことなかった。……だから、そんなに緊張すんなよ」

互いに擦りあいっこするのと、今のこの状態はあきらかに違う気がするのだが、夏生はしれっとした顔で言った。

彼があまりにもどうってことないような顔をしているから、達哉も負けん気を刺激される。ここで負けず嫌いを発揮しても、いいことはないとわかっているのに。小学生時代の過ちが、繰りかえされてしまっている。

「へ、平気だよ!」

震える声で説得力がないことを言うと、夏生はわかっていただろうにわざとそれを鵜呑みにした。

そして、達哉の下衣の前をくつろげて、夏生のものに負けず劣らず反応している欲望を、取りだした。

「ちゃんと、風呂はいるたびに剥いといたほうがいいぞ、これ」

「あ……っ」

少しずつ見えはじめている最中の先端に、無遠慮《ぶえんりょ》に触れられて、達哉は小さく声を上げる。

「お、ちゃんと感じてる」

「ば……か…っ」

耐えきれず、達哉は目元を腕で覆う。

ところが達哉の恥じらいにおかまいなしで、夏生は達哉のそれを手の中で弄《もてあそ》んだ。

「ぬるっていった、今」

「実況中継しなくていい！」

「もうちょっとで、ずるっと剥けそう。……いけっかな」

「や……だ…っ」

いくら同性とはいえ、弱い場所を手で弄られると、猛烈な羞恥が湧いてくる。夏生のほうは興味本位なようだけれども、すでに達哉はいっぱいいっぱいだった。

どうして、こんな扱いを許してしまうんだろう。

「皮引っ張られると、けっこう感じない？　俺、もうかぶってないからできないけど」

「俺で遊ぶな……！」

「遊んでないって」

「じゃあ、どうしてこんなこと……っ」

しごく真面目な声で、夏生は言う。

「どうせだったら、気持ちいいのがいいじゃん」

「……あ…っ」

夏生の手で露出させられた先端は、敏感だった。はしたなく先走りの蜜が溢れて、とろりと根本まで濡らす。

喉を鳴らした夏生は、囁くような声で尋ねてきた。

「俺の、くっつけていい？」

「いちいち聞くな」

「じゃあ、こうして……握るかんな」

「ああっ」

達哉の腰は、大きく跳ねる。

夏生は両手で、自分のものと達哉のものを包みこんだ。濡れた先端同士が口づけあい、互いの体液が絡みあう。

「あつ……い…」

思わず、達哉は口走っていた。

夏生の欲望のかたまりはとても熱くて、驚いた。初めて触れる他人の熱は、激しく焼けつくようで、そのくせぬめりを帯びている。

「今、びくっていった」

「おま…えの、だって……」

「だって達哉とヤりたかったし」

硬くなったもの同士を擦りあわせる、とても淫らな遊びに耽《ふけ》っているというのに、夏生の声はからっと明るかった。

「なんか落ちつかないなー、やり残したことあんなーって、前から考えてたんだけど……。これだって思って、ようやく収まったかんじ」

「信じられない……」

うめいた達哉だが、あまりにも夏生がいつもの調子なので、真剣に受け止めるのも馬鹿らしくなってくる。

達哉は肘の力で起きあがると、なるべく自分と夏生の欲望を視界に入れないようにしながら、夏生の胸に顔を埋めた。

「……達哉?」

「俺も、する……」

同じ男同士だし、やられっぱなしなのも癪《しゃく》だった。おとなしく体を弄られるままになっているなんて。

「えっ、おまえも？」

夏生は弾んだ声を上げる。

顔を伏せた達哉の髪に夏生は口づけたと思うと、達哉の頭のてっぺんに、ぴたりと額を押しつけてきた。

「……じゃあ、触って。俺の……」

「ん……」

初めて指先で触れた他人の欲望は、肌がひりつくほど熱かった。思わず手をひっこめかけるが、すでに体液まみれになっているのに平然と自分のものに触れている夏生の指に触れて、思い直す。

――夏生だって、してるし。

こんなことたいしたことじゃない。そう、自分自身に言い聞かせて、熱いものを両手で包みこむ。

「……あ、俺の大きくなった」

「んなこと、いちいち言うな」

「感じてんだな、なんか、すげぇ……」

自分自身の体なのに、新発見をしたかのように、夏生ははしゃぐ。

頬を赤らめつつも、達哉も互いの体の反応には驚きと興奮を感じていた。

――俺の、こんなに熱くなるんだ。夏生のほうが熱いけど……。

はあっと大きく息をつく、その呼吸さえも熱くなっていることがわかる。

――こんなに大きくなって、夏生の手で、全部剥かれちゃ……って……て。

あらためて意識すると、恥じらいのあまり全身が熱くなる。俯いてよかったと、思う。

こんな反応、見られてたまるか。

「一緒に……できる?」

「ん……」

夏生にリードされるように、達哉は手のひらを上下しはじめる。少し動かすと、そのたびに夏生が大きくなる。びくびくと震え、裏側の筋から激しい脈動を感じた。

――体、こんなになるんだ……。俺を、感じて。

夏生の反応に触れると、達哉のものも反応する。すると、また夏生のものが大きくなる。

欲望と欲望を交歓《こうかん》しているのだと思うと、たまらない気分になった。

「……っ、あ……」

達哉は軽く背をそらせ、顎を天に向ける。胸がいっぱいで、息が苦しかった。水の中にいるかのように。

「わっ、馬鹿……！　おまえ、それやばいって」

夏生は上擦《うわず》った声をあげた。

「え……？」

なにが夏生を、そんなに焦らせたかわからない。しかし気づけば、達哉はふたたび夏生の下に組み敷かれていた。

「ちょっと待て、夏生……！」

「悪い、我慢できねぇ」

乱れた黒髪の隙間から、欲望にぎらつく瞳が達哉を見据える。

「ヤりたい」

その声は、ぞくっとするほど真剣だった。

「……やってんじゃん」

達哉は思わずまぜっかえす。気圧《けお》され、なんだか怖くなってしまったせいだ。

「マジでいい？」

「……それって」

ゆっくりと、夏生の口元が近づいてきた。くちびるを掠め、そして耳元へ。耳朶をくるみ、くちゅくちゅと舌で遊ばれる。淫らな水音が、ますます達哉の欲望を掻きたてた。

「イれたい」

囁きには、純粋な欲望が滲んでいた。まるで、獣の唸り声みたいだ。

達哉は息を呑んだ。

同じ男だから、わかる。

夏生の目は据わっていた。相当、切羽詰まっている。

この奔放な男が、切羽詰まるほど達哉を欲しがっているのだ。

「あ……」

達哉は、小さく息を呑んだ。

「イれ……るの…？」

おそるおそる、確認をする。

ただの擦りあいっこなんかじゃなくて、二人いるからこそやれることを、夏生は求めてきているのだ。

けれども、それは互いの欲望に触れるよりもずっとハードルが高い。禁忌感《きんきかん》の強すぎる行為だった。

「やれっかな」

夏生は早口だ。まるで、駆りたてられるように。

「し、知るか、そんなん……っ」

達哉の声は、震えてしまった。

なんだか怖かった。

夏生がなにを考えて、達哉にこんなことを求めてきているのかはわからない。けれども、彼の焦《じ》れたような表情や、切羽詰まって据わった眼差しも怖ければ、彼相手ならば、なんでもできてしまいそうな自分も達哉は怖かった。

「やってやれないことはない、よな」

そろりと達哉の脚の間に入りこみながら、夏生は呟いた。

「知らない……」

「俺もわかんないけど、なんとなく……こうって」

「や……っ」

達哉は耐えきれず、顔を両手で覆った。

夏生が、後孔へと触れてきたからだ。

そんな場所を他人に触れられるなんて、もちろん生まれて初めてだ。信じられない。達哉自身、触れたいとも思わない場所なのに。

「うそ……だろ…？」

「嘘じゃないって。……ああ、なかなか入らないな」

夏生は、体液まみれになった指先で後孔を探りはじめたようだ。突きあげられる違和感に、達哉はうめき声を漏らした。

「ちょ、そこ……は…、待て、やば…いって……っ」

「いやだ、絶対イれる」

「だから、そこイれるとこじゃないし」

「他にイれるとこないんだから、しかたないだろ！」

むちゃくちゃなことを言いつつ、なおも夏生はそこを探りつづける。かたくなに閉ざされているというのに、彼は粘り強くなかなか諦めようとしなかった。

「……っ、ひ……あ、や……やめ……いやだ、そこ、やだ……」

弄られつづけて、気持ちいいのか悪いのか、わからなくなる。泣きたくなんかないのに、気づけば達哉は啜《すす》り泣くような声を漏らしていた。

「……く…っ……う、ん……あ……いや、やめ……あ、ああっ」

とうとう、閉ざされた場所が陥落する。夏生の指を受け入れたとき、生まれて初めての刺激に音《ね》を上げた達哉の下肢は、とうとう弾ける。

「……っ、あ……も……いや、だ……」

痛みを宥《なだ》めるように情欲に触れられ、白い雫を溢れさせた達哉は、混乱のあまり泣きじゃくっていた。

恥ずかしい場所に触れられながら、しかも他人の目の前で達したのは初めてだ。あまりにも、衝撃は強かった。

「泣くなって……」

泣かせた張本人は、無茶なことを言っている。達哉だって、泣きたくて泣いたわけじゃない。ただ、胸がいっぱいになって、わけがわからなくなって——。

気持ちいいのも悪いのも、全部夏生のせいだ。

達哉が泣きじゃくっている間、夏生はずっと達哉の髪に触れていた。そして、額に小さくキスをする。まるで、慰めようとしているかのように。

優しく触れられているうちに、涙は少しずつ治まってきた。

真っ赤になった目元を握ったこぶしで擦っていると、夏生は彼らしくもない甘ったるい声で尋ねてくる。

「今、指二本入ってんの、わかる?」

「知らない……」

達哉は、頭を横に振った。異物感はあるけれども、それを素直に答えたくなんてなかったのだ。

「もう一本入ったら、あのさ……」

その先は聞かなくたってわかる。達哉の脚には、時折火のように熱いものが触れるのだ。

そんなものを中に入れることができるなんて、到底思えない。けれども達哉は、怖いと達哉を欲しがっている、夏生の欲望が。

もいやだとも言えなかった。

「さんざん勝手してんだから……っ、すればいいだろ、好きに」

「うん」

素直に頷くところじゃないのに、夏生はへんなところで素直だった。幼稚園児みたいに、素直な「うん」。これだから天然はタチが悪い。

「痛くないように、するかんな……」

「……っ、く……ひ…ぅ……」

夏生は時間をかけて、万事が自分の都合で動く男とは思えないほど丁寧に、達哉の体をほぐしていった。

不自然に開かれた脚がひきつるような気がしたのに、達哉がろくに抵抗できなかったのは、その指先の優しさのせいだったのかもしれない。

「三本……どう？」

「……だから、聞くなってば……」

体の具合を聞かれても、まともに答えられない。達哉自身にも、気持ちいいのか悪いのか、わからないのだ。

体の内側を弄られる感覚は独特のもので、最初は寒気をもたらすような不快感が強かったのに、そこが不快を通りこして疼くようになり、かっと熱くなりはじめた。

「入ったから……。いっぺん、抜くぞ」

「……っ、あ……」

広げられた体内から指が奪われると、そこにぽっかりと穴が空いた気がした。

しかし、その空洞は、夏生に埋められるためにできた洞《うろ》だ。

――いれるの……？

達哉は息を呑む。

与えられるだろう衝撃に、全身で身構えた。

「イれるぞ」

「……くっ」

囁くように予告した夏生は、達哉のそこに熱いものを押し当ててきた。先ほどから達哉を待ちかね、はち切れそうになっていた大きなもの。それが、融《と》かされた粘膜を巻きあげるように、奥へ奥へと入りこんでくる。

「ああ……っ！」

達哉は思わず声をあげる。家の人間がいることなんて、その瞬間、配慮できなくなってしまった。

馴らされ、道筋をつけられたあととはいえ、欲望の大きさは指なんかとは比べものにならなかった。突きあげる衝撃は激しく、達哉は声を漏らさないよう、必死でくちびるを押さえる。

「痛くないか？」

「……っ、……ん…」

体内から大きく押し広げられる感覚は、初めてのものだった。気持ちいいとか、そういうことは思えない。ただ、耐えるだけで必死だった。

夏生は、欲望滴る声を漏らす。

「おまえん中、すげぇ締まる。きっついの……。おまえのセーカクまんまだな」

「……ば…か……」

「やばいくらい、気持ちいい……」

喉を鳴らして呟いた夏生は、本当に気持ちよさそうだった。

その声に誘われるように達哉がそっと視線を上げると、目を細めている夏生の顔が見える。つながっている場所で、達哉を感じている。

「なつ……き…？」

名前を呼ぶと、夏生がそっと体を重ねてくる。いつもの荒っぽい彼らしくもない、優しい仕草だった。

腰を押さえこんでいた夏生の手が、どんどん上へ移動する。シャツをまくりあげ、達哉の胸元へ。

「乳ねーのに、気持ちいい。なんでだろ」

「……っ、あ……ば…か、いじるな……っ」

「だって、いいんだもん」

気まぐれみたいに乳首に触れられ、達哉は夏生を罵る。

そこはつんと尖《とが》っていて、まるで自分のものではないみたいに硬くなっていた。女じゃないのに、そこが反応するなんて、恥ずかしくてしかたがない。達哉はいやがって身を捩るが、夏生はおかまいなしだった。

「すげえ、色も変わってら」

「あぁっ」

乳首をすくうように舌を差しだされ、舐めあげられる。尖って硬くなったものに、その感触は強烈だった。

「だ……め…っ」

達哉は甘えた声を漏らしてしまう。

「ていうか、おまえ、締めるなって。まだ、最後まで入ってないのに」

「締めてないっ」

「いや、ちょっと、だから、きっついの……」

達哉の胸に頬を擦りつけ、夏生が小さく息を吐く。そのとたん、達哉の体内に熱いものが溢れた。

「あ……なつ、き……」

他人の熱を受けとめ、腰がびくんと跳ねる。柔らかな肉襞《にくひだ》の上を、粘りつくような体液が流れ落ちていった。

「うわっ、格好悪ぃ……」

ばつが悪そうに、夏生は達哉の胸に顔を伏せてしまう。

「……出ちゃった」

ぼそっと呟いた夏生は、「まだ全部入れてねぇのに」とぼそぼそ呟いている。男としてのプライドを、微妙に傷つけられたようだ。

じわりと、体内に夏生の欲望のしずくが広がっていく。彼が達哉で感じた、その証が。つながっている。

そのとたん、えも言われぬ衝動が、達哉の全身を貫いた。

──なんか、俺ら……。すごく、近くにいる？

手を伸ばしても伸ばしても、届かないと思っていた相手。その男が、傍にいる。

達哉は、本当に一度も、彼とこんなふうになることなんて、望んでいなかった。考えたことすらなかった。

けれども今、とても鼓動が近くて、自分だけではなく、夏生の心臓も早鐘《はやがね》を打っているのがわかるほど、近くにいる。

体の奥深くで、つながっている。

──傍にいるのか。

達哉は、小さく笑った。

「なんだよー、笑うなって……」

拗《す》ねる夏生の頭を、達哉は抱えこむ。

自分の胸元へ、懐かせるように。

——もういいや、これで。

腕の中の、夏生を抱きしめる。粘膜で、彼の欲望を感じる。

あれだけ焦れるほど求めた、夏生の傍にいる。

その実感が、達哉を満たした。

——俺も、こういうふうにしたかったのかな。女子みたいにされたかったわけじゃないけどさ。

重なった自分たちは、理屈も理由もなにもなく、「これでいい」と思える形になっていた。

夏生の力押しでこんな関係になってしまったけれども、これでよかったのだ。自分たちは、もっと早くこうなるべきだったのかもしれないとまで、思った。

夏生のような欲望を抱いたことはなかったが、達哉は彼に執着していた。セックスは、その執着のひとつの結実として、そんなに悪くないもののように感じたのだ。

だって、夏生が傍にいる。

あんなにも近くで、彼に触れた。あの他人に無関心な男が達哉を欲しがり、中にまで入りこんできて、達哉は彼の熱をたしかに感じたのだから。

少なくとも翌日の昼までは、達哉は本気でそう信じていたのだ。


その夜、夏生は泊まっていった。

朝まで、ずっと傍にいた。

そのくせ彼は、一言もなにも言わなかったのだ。

アメリカの学校に、転校するなんてことを。

ACT 3

――一晩一緒に過ごしたのに、夏生《なつき》は俺にアメリカ行きの話をしなかった。

胸がちりっと焦《こ》げるような気がした。どうして今、こんなこと思い出すのだろう。悪酔いしてるんだろうか。

今日は、夏生の歓迎会。一次会はひつまぶしを食べ、二次会は手羽先だ。甘辛いのより胡椒《こしょう》味が食べたいと主賓《しゅひん》が言うので、今日は『世界の山ちゃん』だ。

ひつまぶしを綺麗に平らげたというのに、手羽先は別腹なのか。みんなよく食べている。にぎやかなテーブルの隅っこで、達哉はおとなしくビールを飲んでいた。

テーブルのお誕生日席に座っている夏生とは、場所が遠い。なんとなく、隣に座りたくなかったのだ。

夏生がヒト文化研究所にやってきて、三日後。金曜日の夜に、夏生の歓迎会は行われた。研究室のメンバー八人が、フル参加。湯島《ゆしま》に続く、第一線の若手研究者に、みんな興味津々だ。

とりわけ夏生は見かけはそこそこ……――いや、だいぶよく見える。おまけに気さくな性格だから、座の女性陣は身を乗りだしていた。夏生は男女分け隔てのない男なので、男性陣もおおむね好意的。

――でもそいつは、見かけほど気さくでも人なつっこくもない。

黙りこくった達哉《たつや》は、そっと胸の奥で呟いた。

ひつまぶしでかなり満腹になってしまい、ほとんど手羽先は入らない。野菜スティックをつまみながら、達哉はビールを飲んでいた。

座の真ん中で、湯島とどつき漫才をしている夏生は、楽しそうだ。でも、達哉は知っている。彼は根っこのところで、とてもドライな性格なのだと。

それに、ひどいヤツだ。

どうしても八年前のことを思い出してしまうのは、また同じ空間を夏生と共有することになったからかもしれない。これまでは、夏生が里帰りしてくるときくらいにしか会わなかった。ふだん、電話を寄越したりするまめな性格でもない。そして、達哉から連絡を取る気にはどうしてもなれなかった。

達哉にはなにも言わずに転校していった夏生が、思い出したように連絡を寄越してきたのは、一週間後。アメリカでの住所を教えていなかったからという、きわめて事務的な理由だった。

「転校なんていつ決めたんだよ」と達哉が詰《なじ》れば、「あれ、言ってなかったっけ？　ごめん。こないだは、ヤることに夢中だったしさー」だなんて、言うことかいて、それはちっとも言いわけになってない！

――結局、俺ってそのていどの扱いなんだよな。

思い出すと、腹立たしい。けれども、怒るというよりも、あまりにもぞんざいな自分の扱いに対してむなしくなってくる。

夏生は嘘を言わないから、「ヤりたい」の一言は嘘ではなかったのかもしれない。けれども、それは単なる好奇心か気の迷いで、結局のところ、達哉のことなんてどうでもいいのだ。

夏生の里帰りのたびに呼びだされ、ときにはホテルにこもって過ごしたこともあった。お互いがどろどろになるまで抱きあったって、そんなのはそのときだけ。夏生は未練も見せずにアメリカへと帰っていく。

それっきり、音沙汰はなく。

この八年というもの、ずっとそれの繰りかえしだった。

それでも、夏生がたびたび日本に戻ってくる間はよかった。けれども最近は、どんどん間隔があいている。この間だって、一年半もブランクがあったのだ。夏生はちっとも、気にする様子はないけれども。

達哉だって別に、夏生と毎日電話したいとか、そんなことを思っているわけではない。だいたい彼との関係は、達哉の中でも整理がつきかねているものだった。

無理やり関係を強いられているわけではない。けれども、あまりにも軽く、都合よく扱われている気がして、そもそもなんで自分たちはセックスしているんだろうかという根源的な疑問にぶち当たってしまうことがある。

そして、熟考した結果、気づくのだ。

欲しいのは自分のほうだということに。

惨めだった。

夏生は軽い気持ちで、快感以上の意味を達哉とのセックスに求めているわけではないだろうに、達哉にとっては意味があるのだ。

そのときだけ、夏生が傍にきてくれる。目線が合う気がして。

——こういう発想自体、すごく格好悪い……。

ぐったりと、テーブルに突っ伏したくなるほど、達哉の発想はみっともなかった。自覚があるから、なおうちのめされる。

なんのことはない。肩を並べることができない相手と、同じフィールドに立っているという錯覚を味わいたいがために、関係を求めている。セックスを利用している。

これでは、身勝手な夏生を責められない。

——薄情者の夏生もたいがいだけど、俺もみっともない……。情けない。もっと正々堂々と、研究者としてのフィールドで横並びできるならともかく、欲情されて満足するなんて。

根暗なため息が際限なくこぼれてきそうで、ますます気が滅入る。やはり悪酔いしかけているのか。

——一度、吐いておいたほうがいいのかな。

悪酔いの危険信号が出てきたら、早めにリバースするにかぎると、達哉が席を立とうとしたそのときだ。

——え？

座の視線が自分に集まっていることに、達哉はようやく気づいた。

「……あの、どうかしましたか？」

「なんだ、気分悪いのか？」

湯島が、心配げに声をかけてくる。この人がヒト科の生き物の心配をするなんて、相当機嫌がいい証拠だ。ケダモノに近い夏生が来てくれて、嬉しいのかもしれない。

「あー、ちょっと。すみません。なにか……」

「さっきから話しかけてるのに、無反応だったから」

「すみません」

肩を竦めた湯島に、達哉は詫びる。

ぐるぐると、夏生にとっての自分の存在の、耐えられない軽さに思い悩んでいたせいで、声をかけられていること自体に気づかなかったらしい。

重傷だ。

「いや、実はさ、私はしばらく、ボルネオに行くことになって」

湯島は、にっこりと微笑む。たれ目の湯島は、笑うとますます目じりが下がって、人がよさそうな表情になった。

「はっ？」

思いがけないことを言いだされ、達哉はとっさにどう応えたらいいのかわからなかった。だいたい、なぜいきなりボルネオなのか。

「エール大のフランクが誘ってくれて」

知人の文化人類学者の名前を出した湯島は、上機嫌だ。

「子育て期に入ったオランウータンが、他人の子を育てているところを発見したらしい。その健気なレディの姿を拝みにいこうと思ってね」

「はあ」

「どんな大和撫子《やまとなでしこ》なんだろう。楽しみだなぁ」

「いや、ボルネオのジャングルに大和撫子もなにも……——あの、それはさておいてですね、先生」

すでに心がボルネオに飛んでいる湯島の心に、達哉はなんとか戻ってきてもらおうとする。

ボルネオだろうがスマトラだろうが、湯島が愛しの類人猿を追いかけて、どこに行ってくれてもかまわない。

だが、今の達哉は湯島と一心同体なのだ。

「……俺の学会用の論文のこと、忘れていませんか……？」

達哉がおそるおそる切り出したのは、六月の初旬にある発達心理学会で発表予定の論文のことだ。

湯島は変人だが、達哉の大切な指導教官である。その彼に出張されるのは、とても痛い。

しかも、ボルネオで現地ワークになんか入ったら、一カ月は帰ってこないんじゃないだろうか。

今は四月中旬。これからまさに論文の詰めに入ろうとしているのに、それはいくらなんでもあんまりだ。

「いや、でも、夏生いるし」

湯島は、とんでもないことを言い出した。

「夏生って……。纐纈《こうけつ》、センセイ……」

一応、他の院生もいる。センセイをつけて呼んでやったら、夏生はなんだかはしゃぎだした。

「えっ、達哉に先生って言われるの？　ちょっと新鮮。俺、指導教官やりたい」

「うん。やって」

湯島は、たいそう薄情者だった。あっさり、達哉を夏生に売り渡す。

——いや、先生がヒトより類人猿好きなことは知ってるけど！

達哉は焦った。

よりにもよって、夏生が指導教官？　それは、あまりにもあんまりだ。相手はかつての同級生なのだから、やりにくさが先に立つ……——と思ってしまうあたり、達哉は凡人なのだろう。

がっくりと、落ちこんでしまう。

——本っ当に、役にも立たないプライドばっかで……。俺、馬鹿みたい……。

自覚があるぶん、我ながら手に負えない。

湯島は頬にひとさし指を当て、まるで女性のように可愛らしい仕草で首を傾げた。もっとも、可愛いのは仕草だけだが。

「そもそも、野瀬《のせ》くんは優秀すぎて、可哀想に本命の川相《かわい》先生のところに入れなくて、うちに来たんじゃないか。私が指導するよりは、夏生のほうがいいんじゃないかな」

「どういうことだ?」

事情を知らない夏生が尋ねると、湯島は端的に答えた。

「もうあんまり覚えてないが、野瀬くんは一人でできるから」

「ああ、なるほど」

それで本当に事情がわかるのだろうか。もしかしたら、二人とも変人同士の妙な電波で会話をしているのかもしれないが、達哉にはさっぱり理解できない。

——そりゃ、俺の専門は、本当は湯島先生と違うんだけどさ……。

湯島の言うとおり、院に入った当初、達哉は発達領域の川相という教授の研究室に入ることを希望していた。卒論で世話になった先生は、退官してしまったからだ。ところが川相はその年に教育学部付属中学の校長になってしまい、院生の受け入れ制限をしていた。達哉にとっては、運が悪いことに。

そんな川相が院生を採《と》った方法は、なんと成績が下のほうからという逆順。

そんなんありか、と誰もが思った。しかし川相は「優秀な人材ならば、きっと自分で伸びていく力があるから」という、ある意味教育者らしいというかなんというか、判別に苦しむことを言いだしたわけで。

研究室は、教官の城だ。どのように学生や院生を受け入れるかなんて、個々人に任されている。

そんなわけで、面倒見がいいと評判の川相研究室を希望してあぶれた院生は、他の研究室に振り分けになった。そして達哉は、発達領域とはいえ、専門が違う湯島の下につくことになったのだ。

もっとも湯島はユニークな研究者で、研究室のメンバーも楽しい連中ばかりだし、今となってはよかったと思っている。いや、いた。夏生が入ってくるまでは。

「私よりも、夏生のほうが野瀬くんの研究テーマの指導には適任だと思うよー。認知っていうよりは、発達行動のほうなわけだしね。野瀬くんのテーマも、なかなか面白いよ」

「達哉とだったら、放課後までつきあう」

「いや、放課後ないから」

「ああそうか。残念」

なにが残念なのか、意味不明だが、夏生は本気っぽい表情だった。

「……どうせ、アメリカ戻るくせに」

達哉は、ぽつりと呟く。

夏生はしょせん客員で、本拠地はアメリカだ。達哉が博士課程を修了するまで、ずっと日本にいるとは思えない。

「でも、すぐに帰らないし。たぶん、年単位でこっちにいる。ひょっとしたら、そのうち大学変わるかも」

夏生は、思いがけないことを言いだした。

「……聞いてないし」

苦々しく達哉は呟くが、例のごとく夏生は聞いていない。

「野暮用でさ。どうなるか、まだわからないけど」

夏生はため息まじりだ。

湯島は、ちょっとだけ笑う。

「そうそう、野暮用」

「だから、週に三回しか大学こないんだよな」

「そうそう」

顔を見合わせて、夏生と湯島はうなずきあっている。

どうやら、湯島は夏生の事情を知っているようだ。彼は助教授だし、研究室のボスだから当たりまえなのかもしれないが、達哉は胸に冷たい風が吹きこんだような気がした。

湯島でも知っているようなことを、達哉は知らない。教えてもらえない。わざとではなく、夏生はそもそも教えようという発想がないのだ。

——いや、わかってたけど……。

本当に、夏生にとって自分はどうでもいい相手だ。少なくとも、特別な相手ではないことを痛感する。

こんなことでいちいち落ちこんでいては、とても夏生とつきあっていられない。もう忘れろ。気にするな。そう、自分に言い聞かせてはみるが、なかなか気分は浮上してくれない。

——先生、か。

あらためて、彼との立ち位置の差を感じる。

たしかに達哉のことなんて、目に入らないだろうなと、誰よりも達哉自身が納得している。だからこそ、手を伸ばされたら振り払えない。口づけされたら……――つかの間、視線が合う。あの関係を、求められたら。

――超みじめ。

俯いた達哉は、表面上はなんでもない表情を装った。

そして、いかにも酔っぱらいらしく、口元に手を当てる。

「指導教官の件はともかく、すみません、ちょっとトイレに」

「ついてこうか？」

夏生が声をかけてくるが達哉は小さく首を振る。

今は、彼の顔がなんとなく見られなかった。

夏生は薄情者だ。ひどい男だ。

けれども達哉だって、卑怯者だ。

達哉が夏生の求めに応じてしまう理由を知ったら、夏生はどう思うだろうか。呆れたり、怒ったり、少しぐらい哀しんでくれるならともかく、「ヤれれば細かいことは気にしない」なら、辛すぎるが――。

＊　＊　＊

「あー、食った食った」

三次会は錦《にしき》のカラオケボックスで〆め、歓迎会は解散になった。ところが、夏生が達哉を引っ張って歩き、「新しい師弟誕生を祝うため」という謎の名目で、二人だけで四次会になだれこむことになってしまった。

しこたま酔っぱらった他の研究室のメンバーにはカラオケボックスの前で万歳三唱されるし、いい迷惑だ。

「……ったく、どこに行くんだ」

酔っぱらい、妙なことを口走ってしまわないかと警戒していた達哉は、カラオケではソフトドリンクしか飲まなかった。だから、すっかり酔いは冷めている。

一方、夏生はハイテンションだ。しかし、悪酔いしている様子でもない。いつもより陽気で、人なつっこくなっているていどか。

金曜日の錦三丁目は、人混みで溢れかえっている。プリンセス大通りのけばけばしい看板。黒服の呼びこみ。駐車違反上等で停められている車の数々。その間を豪快にすり抜けていくタクシー。あちらこちらで騒ぐ、飲み会帰りの人々。繁華街らしい、夜の光景だった。

「酔い覚ましに、少し歩こうぜ。どうせ、明日休みだろ？」

「そりゃそうだけど……。終電、間に合わなくなったらまずいじゃないか。タクシー使ったら、六、七千円かかるし」

「いいじゃん、泊まってけば」

達哉の手を握る、夏生の手に力がこもった。

「泊まり……」

「久しぶりだし、ちょっと張りこんだ」

その夏生の言葉で、ぴんとくる。

——こいつ、もしかして俺をお持ち帰りのつもりか？

達哉は焦った。

「ちょっと待てよ。俺はそういうつもりじゃ」

「大丈夫だって、ビジホじゃないし。アメニティ揃ってるから」

「勝手に決めるな……！」

夏生の手を、達哉は払おうとする。けれども夏生は綺麗さっぱり無視して、前方に見えてきた大きなホテルを指さす。

「とりあえず、てな？」

「……ったく」

いったい、いつのまに部屋を取っていたのか。

アメリカ人旅行客には、おそらくもっともメジャーであろうホテルを指さされて、達哉は大きくため息をついたのだった。


「しっかし、いつ来ても思うんだけどさー。なんで意味なく障子ついてんだろうな、このホテル」

「知るか」

ソファに腰かけたまま、達哉は憮然と答えた。

名古屋の夜は早じまいだ。しかしさすがに今日は金曜日ということで、眼下に人が行き来しているのが見える。

「次、風呂使う？」

勧められるが、素直になれない。

達哉はふくれっつらで呟く。

「……俺は、泊まる気なんてなかったのに」

部屋までついてきておいて、こういう態度は往生際が悪いと思うのだが。

「だって、俺は泊まりたかったから」

いつものごとく達哉の気持ちなんて気にもとめないで、夏生はにっこりと笑った。

「そうだろうよ」

悪びれもせずに言われてしまうと、むっと相槌《あいづち》を打つしかない。

「なんだよ、もっといいとこがよかった？　でも、市内だと、俺はここが一番気に入ってんだけど……」

夏生が、ぺたりと背中に張りついてくる。

「髪濡れてるじゃないか。ひっつくな」

邪険《じゃけん》に払おうとすると、夏生はいたずらっぽく笑った。

「いいだろ、達哉だってこれから濡れるし」

「おまえな……っ」

達哉は舌打ちする。

夏生の自分勝手にはたいがい慣れていた。それに、ホテルについてきてしまった時点で、達哉の負けは見えている。

伝わってくるぬくもりに肌がざわめくのも事実だ。でも、今はとてもじゃないが、夏生の身勝手に対して寛容にはなれない気分だった。

「もしかして、俺が指導教官になるのいやで拗《す》ねてる？　そんなに京介《きょうすけ》のほうがいい？」

「そういう問題じゃない」

ふてくされたように応えた達哉だが、反省する。いけない、これではただの八つ当たりだ。

達哉に夏生と並びたてるだけの能力がないのは事実で、それは夏生のせいではない。原因を求めるとしたら、達哉以外に誰がいる？

——理不尽なこと、してるな。

いつももっと、夏生に理不尽な扱いを受けている気もしないではない。だから申しわけなく思うことはないのかもしれないが、単に天然で他人に無頓着な夏生と、いじましくも卑屈な想いを抱えている達哉とでは、達哉のほうがタチが悪いという自覚はあった。

それに、達哉は自分のそんな心根《こころね》を潔《いさぎよ》しとはしていない。

——なんで俺って、こうなんだろ。

持って生まれたさがというものなのかもしれないが、自分にいらだちを感じる。能力がないのは、自分のせい。彼にまともに相手してもらえないのだって、夏生が達哉に対して、それだけの価値を認めていないというだけだ。

いくら人格に多々問題があるとしても、夏生はこれっぽっちも悪くないのだ。

「……湯島先生より、たしかにおまえのほうが俺の専門分野に近いよな」

ほんの少しだけ声のトーンを和らげたから、達哉の態度が軟化したのを察したのだろう。夏生が、ぎゅっと体を押しつけてくる。洗ったばかりの髪からは、かすかにコンディショナーの香りがした。

体温が、いつもより高い。

「酔い、覚めてないだろ?」

「いや、すっかり元気。ヤれるし」

夏生は、からっとした声で言う。

「誰もそういうこと聞いてるわけじゃ……」

「え、違うのか?」

「……もういい」

達哉が力なくうなだれると、夏生がくちびるを寄せてくる。軽く触れるだけの、バードキス。

「あ、ビールと手羽先の味」

「歯磨きしてないし」

「しなくていいって。俺、この味好き」

「ったく……」

そろりと舌でくちびるを撫でられ、達哉は心持ち顔を夏生のほうに向けた。そして、半ばくちびるを開く。

「ん……」

舌同士を絡めることも、もう慣れた。

夏生も、気づけばどんどん巧みな口づけをするようになってきている。

——どうせ、アメリカでもよろしくやってるんだろ。

そして夏生はきっと気づかない。

達哉が、夏生以外の他人の肌を知らないことを。

絶対に、内緒にしているけれども。

なにも夏生に対しての貞節《ていせつ》を守っているわけではなくて、どうしてもその気になれないだけだった。同性にも、異性にもときめくことはない。

——可愛いなって思う子はいるんだけどな……。その気になれないって、どうなんだよ、俺は。

類人猿に愛情を注ぐ湯島も、この夏生もどことなくいびつなものを抱えているが、達哉も少しおかしいのかもしれない。

恋でもない、執着に囚われているのだ。

内心自嘲しつつ、ねっとりとした口づけを受ける。これで朝まで離してもらえないのだろうが、どうせならば、なにも考えられなくなるくらい溺れさせてほしかった。

「……くっ、ふ……ん……」

夏生の指先が、達哉のシャツのボタンにかかる。慣れた手管《てくだ》に、体が疼いた。

「あ、そうだ」

ふいにくちびるを離し、夏生は思いついたように呟く。

「どうかしたか?」

「あのさ、『先生』って呼んでみ?」

「……は?」

達哉は眉間に皺を寄せる。

「いや、たまにはさ、変化つけるのも楽しいかなって」

夏生は、いたずらっぽく笑った。

「こう、ゆーえつ感っての?」

夏生にデリカシーがないのは、今に始まったことではない。

この男の傍にいるかぎり、彼をライバル視しているかぎり、達哉は今この瞬間の痛みには、何度だって巡りあわなくてはいけない。

それでも、やっぱり達哉はやすやすと負けを認めたくなくて、こんな自分の性格がいやだと思いつつ、むっとしてしまう。

「……性格悪いな」

「そうか？　でも、おまえってそういうのそそるんだよなー。支配欲っていうか、嗜虐心《しぎゃくしん》っていうか……」

達哉の顎やら頬やらを撫でながら、夏生は呟く。

――マジ、最悪。

達哉は、忌々しげに舌打ちをする。

――俺なんか相手に優越感に浸って、なんかいいことあるのか？

意外に器小さいな、と心の中で罵ってみても気分は晴れない。

――なあ、俺を押し倒したのも、もしかしてそのせい？　俺がおまえのいいように喘ぐの見るの、ひょっとしてむちゃくちゃ楽しかったわけ？

喉の奥で支《つか》えて、出てこない言葉。もし夏生に肯定されたら、達哉はしばらく立ち直れないだろう。

なんでもないような顔をして、見栄を張る。けれども、心の中にざっくりと大きな傷口が開いた気がした。

「なあ、呼べよ」

達哉の卑屈な胸の痛みに、夏生が気づく様子はない。しかたがない、こいつはこういうヤツだ。それに達哉だって、なにも夏生にこんな胸のうちをわかってほしいとは思わなかった。同情されたら、よけいに惨めだ。

「……センセ」

素っ気なく呼んでやると、夏生は鼻の頭に皺を寄せる。そんな表情になっても、整った顔立ちが損なわれたりはしないから、とことんいやな男だ。

「心がこもってない」

「悪かったな」

「やっぱいいや。いつもどおりで」

「あ……」

胸をまさぐられ、達哉は小さく声を漏らす。

「名前呼んで。おまえに呼ばれるの、すごく好き」

尖った乳首をはじかれて、達哉は小さく息を漏らした。

「……っ、なつ…き…」

「ああ、そんなかんじ」

シャツごしに、乳首をいたずらしながら、夏生は満足げに笑う。

「おまえ、苦しげに顎上げる仕草、むちゃくちゃそそるのな。あんまり、そういうの人前で見せるなよ」

「なに言ってるんだ」

「他のやつが目ぇつけたらいやだ」

「そんな物好き、いるもんか」

達哉は自嘲する。

――玩具相手でも、独占欲あるのか？

夏生を八つ当たりのように責めるのは、やめようと思う。自分だって、彼と肩を並べたくて、普通の方法では到底手が届かないことがわかっているから、こんな形で彼を自分のところまで引きずり下ろそうとしているじゃないか。

「脱ぐから……離れろ」

「脱がせてやろうか」

「いい」

「シャツ、上からボタン外してやるから。おまえは下から……」

「……っ、いじるな……！」

達哉は制止するが、夏生は聞かない。達哉の胸を弄りながらも、シャツの前を開けていく。

「酔い、冷めてるな。全然肌は赤くない」

「酔うような気分じゃなかったし、たいして飲んでない」

「なんで？」

「……さあ」

息がかかるような距離で、囁くように話をする。気まぐれみたいに耳たぶに息がかかると、ぞくりとした。そこは弱い。責められると、すぐに音を上げてしまう場所だった。

「京介がボルネオ行くの、やっぱショック？」

「ある意味そうかも」

「やな感じ」

かわす言葉には、意味があるような、ないようなものだった。互いを溺れさせるような、快楽の前戯《ぜんぎ》でしかない。

「……っ、く……」

言葉の合間にキスをして、深く舌を絡めていく。誘うように舌を出すことも、夏生に教えられたものだ。

「……あ…ん………ふ、ん……くぅ……ん……」

達哉が下衣をくつろげると、夏生がすかさずそこに触れる。

背から覆いかぶさるような体勢で、おまけにわざわざ肩越しに腕を伸ばしているから、先端に指が触れるだけだ。くすぐるような指先の快楽。もどかしい愛撫に、達哉は何度も身震いしてしまった。

「……んっ、なつ……き、あ……いやだ、こんな……」

思えば、未成熟な達哉の欲望が大人になったのも、夏生の指先がきっかけだった。いくら関係にブランクがあるからとはいえ、弱い場所は余すところなく知られている。

自然に膝が開いていく。だらしなく脚を投げだすような体勢になり、背もたれにずるずると体が沈んでいこうとしていた。

「……っ、く…ぅ……」

「なんかさ、ここ触ってると、やっぱ達哉がどれだけ綺麗な顔してても、男なんだなーって思う」

耳元で、夏生が囁いた。

「女の体と、違うもんな。ヤるのも一苦労」

「……悪かったな」

達哉は舌打ちをした。

なにをいまさら、言いだすのか。そんなもの、この八年でとことん知りつくしていることなのに。

——それとも、いまさらみたいにいい女ができたのかな……。その人のこと、今も考えてるのか？

達哉は、ぼんやりと考える。

奔放で、本能に忠実な夏生が、群がってくる女たちに手をつけていないとは、達哉は思っていない。

このルックスで、才能もある。たとえ薄情者でも、惹かれる女もいるだろう。そして夏生は、薄情者にふさわしい気安さで、彼女たちをつみ取ることに罪悪感を覚えないに違いない……——容易に想像できるからか、怒りは湧かなかった。

むしろ、ぼんやりとした哀しみが達哉の胸の底に芽生える。

なんだというのだろう、この感傷は。自分たちの関係にふさわしくない、甘やかで柔らかなものは。

「それでさ……」

夏生は何事か呟いたようだ。けれども、達哉には聞こえなかった。女の自慢か、それとも……？

――どっちにしろ、俺を弄りながら、そういうこと言うわけか……。

自分の存在の軽さに、ますます脱力したくなる。

哀しいを通りこして、投げやりな気分だ。

「この眺め、けっこういいかも。なあ、達哉。自分で弄ってみ？」

「……なに言って……」

「こっから、見下ろしてたい。中、馴らせよ。こっち弄るから」

欲望の先端を、爪がはじく。ぴっと鋭い痛みのあとに、じわりと快楽の雫が滲んだ。

――見下ろす、か。

とうとう、セックスの最中にまで。

冷たいかたまりを飲みこまされたような気分になりながらも、達哉はそっと自分の脚の間に手を這わす。ここまでくると、自棄《じき》だった。

「あ……っ」

夏生にせがまれて、自慰を見せたことは何度かある。後孔の馴らし方も、無理やり仕込まれた。

彼にカスタマイズされてしまったから、他の人間に欲望を感じないのだろうか。

——最悪。

好きでもない相手の、意のままになる体。馬鹿みたいだ。

「……っ、ふ……い……あ、いや……」

先日抱かれたばかりだからか、後孔はたやすく指を呑みこむ。けれども、慣れない行為だ。ためらって、なかなか先に行けない。

「もっと奥まで入れろよ」

夏生の視線を指先に感じる。

彼が見ているのだと思うと、背筋がぞくりと震えた。達哉はそろりと指を動かしはじめる。

体内の粘膜は、熱い。自分の中がこんなふうになっていることを、達哉は知りたくなかった。

どこまでも、乱されていくか弱い肉壁。体内の、熱のありかなど。

「……い、あ………だめ、だめだ、夏生、こんなのは……」

「なんで？　すげぇいい眺めなのに」

「……あ、やだ、見るな……」

「だって、この体勢だとちょうど視界に入るし……。おまえのこれが、大きくなるのも。すごいな、先端、間歇泉《かんけつせん》みたい。次から次に、溢れてくる」

「……っ」

息をこらえ、首筋をそらす。達哉が顎を上げると、夏生と目が合った。快楽の源を凝視され、雫が溢れるさますらも観察されている。鋭い、まるで獣みたいなあの眼差しで。

「ああ……っ」

全身が大きく震えた。

目が合っている。

体内をまさぐるよりも、欲望を気まぐれのように弄られるよりもずっと、夏生のその視線が、達哉を追いつめていく。

「……っ、や………いやだ、や……見る、な……」

「おまえの『いやだ』は、『もっと』だもんな」

冷やかすように笑う夏生は、満足げな笑みを浮かべる。

「そのまま、俺見つめながら、イケよ」

「無理……だ……」

「できるって。俺、こっち弄ってるからさ」

「いやだぁっ！」

「すごい、ぬるぬるじゃん」

「……だめ、だ……。いやだ、こんなのいやだ、やだ、や……！」

言葉でまで辱められ、否定の言葉を繰りかえすしかなくなっていく。

苦しげに目を細めると、まなじりに涙が浮かんだ。頬を伝い落ちていく雫の感触を追うように、達哉の舌が辿っていく。

「あと少し……だろ？」

「……っ、あ……ああっ！」

くびれの部分を、輪にしたひとさし指と親指に締めあげられたと思うと、ぬるつく先端に親指をスライドさせられ、虐《いじ》められる。

そのとたん、達哉の後孔はきつく自分の指を食《は》んでいた。

下腹にこもっていた力が、ふと抜けていく。達してしまったのだ。

ぐったりと背もたれにもたれかかる達哉の髪に、夏生は頬ずりをした。

「すげぇ可愛い……」

淫らな命令に従ったことに満足したのか、彼は掠れた声で呟く。

「なあ、そのまま指開いて。俺に、『来て』って言って」

ここまで来て、プライドもなにもない。

達哉は熱に浮かされたように、夏生の言葉に従った。夏生はもう達哉を焦らそうとはせず、達哉の体の前に回って覆いかぶさってきた。

まずは指が、入ってくる。

「……あ、ちが……う…」

疼いている場所に、いまさら指が増えたところで、満足できるはずがない。欲しいのは、もっと圧倒的な熱だ。なにもかも忘れ、溺れるほどの熱。夏生の欲望を教えてくれる、あの肉色のものが欲しい。

「……違う？」

「それじゃ、なくて……」

「なに？」

夏生は達哉の中で指を緩慢《かんまん》に動かしている。

「……なつ…き……の………」

誘うように指を開く。熱くとけそうになっている内壁に外気が流れこみ、少し冷たい。

「……俺も、おまえの中に入れたい」

夏生が率直な欲望を呟くのと、本当に押し入ってくるのとは、ほぼ同時だった。

「……っ、あ、い……いい、なつ、夏生、夏生……！」

体内に押し入ってくる存在の名を呼ぶと、夏生も達哉の名前を繰りかえし呼びはじめる。

「たつや……達哉、達哉……」

名前を互いに呼びあいながら、高めあっていく。粘膜同士が擦れあう淫らな音を立てながら、ほぼ同時に達していた。

——こんなときだけ、本当に相性がいい。

皮肉に震えるくちびるに、夏生は深く口づける。

ほろ苦いほど、優しいキスだった。

ACT 4

春は発情期だ。

ニホンザルなど、一斉に顔と尻が赤くなる。そうすると、「ああ、本物の春だな」とみんなが囁きだすのが、ヒト文化研究所の風物詩だ。

桜が終わるころ、今年もその季節が来た。

「湯島《ゆしま》先生、今ごろボルネオで幸せに暮らしているんだろうなあ……」

ニホンザルの山を眺めながら、達哉《たつや》は呟く。

今日は、わざわざ奈良から、女子大学生が研究所の見学に来ていた。心理学科の新入生のオリエンテーリングだとかで、みな、興味津々だ。将来、あの中から、ここの大学院に入学する学生もいるかもしれない。

たいてい、ここに見学に来る人たちはナナが目当てだ。しかし、今はナナプロジェクトの責任者である湯島が不在。それでかわりに夏生《なつき》が講義をしているはずだ。

しかしながら、彼はまだ研究所内には不案内なので、女子大生たちの見学は達哉が引率を買って出た。ナナは一番達哉に懐いているから、ちょうど都合がよかったのだ。

類人猿たちについては、達哉の専門とは違うのだが、ナビゲーターくらいはできる。こういう雑用も、院生にとっては日常のうちだった。

ときならぬ来客をもてなしてくれたナナにリンゴを与えて、飼育舎を出た達哉は、ちょうどニホンザルが発情期のサインを出していることに気づいて、足を止めた。彼らは、また別の研究室の研究対象であり、達哉にはあまり親近感がない。

「あ、野瀬《のせ》さん。お疲れさまです。研究所の案内、終わりました?」

修士課程一年生に入ったばかりの女子大生が、小さく頭を下げてくる。彼女は理学部の、大脳生理学領域の学生だ。

「ああ。君は?」

「今日は、お掃除のバイトなんです」

言われてみれば、たしかに彼女は片手に箒《ほうき》を持っている。

なにせ研究所の敷地は広大だ。管理には人手が必要だった。専門の管理人はいるが、学生のバイトも雇われている。

「野瀬さんは、ニホンザルを見ていたんですか?」

「ちょうど発情期だということに気づいて、立ち止まっただけ」

「発情期……?」

理学部の院生として入ってきたばかりの彼女には、まだぴんと来ないようだ。無理もない。達哉は、簡単に説明してやった。

「顔と尻が、赤くなっているだろう? あれが、ニホンザルの発情期の合図なんだ」

「へぇ……」

興味深げに猿山を見つめた院生は、はっと顔を赤らめた。

「どうかした?」

「いえ……」

少し恥ずかしげに、彼女は俯く。

「発情期って、本当なんだって思って」

「ん?」

猿山をもう一度見直した達哉は、彼女が顔を赤くしている理由に気づいた。

一頭のニホンザルの背後に、もう一頭のニホンザルがのしかかっている。人間でいうなれば、いわゆる後背位。

——純情だな。

なにせ発達領域の学生は、いまさらニホンザルの生殖行動で恥じらったりしない。

「あれは、マウントって言うんだ」

「マウント、ですか……?」

「わからないかもしれないが、あれは雄同士なんだよ」

達哉は、軽く肩を竦める。

「えっ、雄同士であんなことするんですか? 猿にもホモがいるんだ……」

恥じらっていた彼女が、かすかに好奇心を抱いたらしい。瞳がきらりと輝いた。

達哉は苦笑した。

「擬似的な行為だけどね。……別に、あのニホンザルたちは男好きってわけじゃなくて」

そのまま行為の意味を説明しようとした達哉は、微妙に表情を歪めてしまう。

——そうだ、マウント。

思わず口ごもった達哉に、院生が心配そうに声をかけてくる。

「あの、もしかしたらすごく説明しづらいこと、言わせようとしてますか、私。ひょっとしたらセクハラしてますか」

「ああ、いや、そうじゃなくて」

申しわけなさそうな顔をされてしまい、達哉は軽く訂正した。

「あれは、雄同士の上下関係を誇示するために行われるんだ。雌に手をつけられない若い雄同士がほとんどだが。上に乗ってるのが、強いほう……」

「そうなんですか。そういえば、人間でも雌雄を決するって言いますよね……っと」

院生は、上品そうに口元を手のひらで押さえる。

「……ま、そういうこと」

達哉は軽く頷いた。

しかし、内心には苦いものが満ちる。

――上下関係を示すため、か。霊長類ヒト科の雄も似たようなことをするわけだ。

思い出すのは、夏生との行為。そういえば、最初に抱かれたあの日も、夏生は「雌雄を決する」だとか言っていた。誤用だと指摘してやったが、あながち間違っていなかったかもしれない。

――なにやっているんだか、俺たちは。

上下関係を示してみたり、意地を張りあったり。そういう関係しか、自分たちは形成できないのだろうか。

あまりにも不毛だ。目眩《めまい》がするほど。

黙りこんでしまった達哉相手に、なかなか立ち去りにくくなってしまったのか、院生が沈黙を取りつくろうようにおずおずと声をかけてきた。

「そういえば、学生さんたち、今はどうしてるんですか？」

「纐纈《こうけつ》先生が講義中」

「ああ……。ちょっと羨ましい」

院生は、はにかむように笑う。

「カッコいいですよね、纐纈先生って。湯島研はカッコいい人たちばかり集まってるって、みんな噂してます」

声を弾ませた彼女は、気のせいか身を乗りだしてきた。

「纐纈先生って、なんか、こう、独特の雰囲気があって素敵ですよね。……悔しいな、人のものなんて」

「……え」

達哉の心臓は、早鐘を打つ。

まさかと思うが、達哉と夏生の関係がなにか噂されているのだろうか？

ところが、院生が言いだしたのは、思いがけないことだった。

「だって、纐纈先生って、学長のお嬢さんとご結婚されるために、日本に一時帰国されているんでしょう？」

「……なんだって!?」

達哉は思わず息を呑む。

初耳だ。

現在の学長は、理学部の出身だ。彼女の言うことは、あながち根も葉もない噂とも思えない。

達哉は呆然と立ち竦み、声をかけられても反応できなくなってしまった。

＊　＊　＊

達哉はまだ親がかりの院生だが、夏生はすでに社会人。結婚という噂があっても不思議ではない。

達哉は、夏生が帰ってきた日のことを思い出す。そういえば、湯島も夏生も、なにやら思わせぶりだった――。

――学長に呼ばれたって、そういうことか？　日本に何年いるかわからない、もしかしたら戻ってくるかもっていうのも……。

いた。

夏生の結婚という思いがけない話に、達哉は自分でもびっくりするほどうちのめされて

そういえば、湯島が思わせぶりだったのも、そのせいだったのだろうか。

行政法人である大学の学長は、その大学に雇われている教官の中から、学長選で選ばれる。姻戚《いんせき》になることで、ものすごくメリットがある存在というわけではない。もちろん大学という閉鎖空間のトップであることはたしかだから、あるていどの便宜《べんぎ》をはかってくれたり、予算の都合をつけてくれるということは、あるかもしれないが。

だがしかし、夏生の性格から考えて、仕事をする上のメリットで、結婚をするはずがない。そういう社会的なしがらみは、彼がもっとも嫌うものだろう。

――それに、あいつの本拠地はアメリカだ。向こうのほうが水が合うって、本人も言っていたし……。

彼が本当に学長の娘と結婚するというのならば、純粋な恋愛感情、もしくは結婚をしたいという希望があるのだろう。そして、義理の父になる人の願いを聞いて、日本で教鞭《きょうべん》をとるということも考えられる。

束縛を嫌っていた男が、とうとう束縛されてもいいと思える相手に出会えたということ

なのだろうか……？

けれども、達哉は信じられない想いでいっぱいだった。

また、自分はなにも話を聞かされていない。

もっとも、噂レベルのことだから、結局はなにかの勘違いということもあるかもしれない。けれども達哉は夏生のすべてを知っているわけではなかった。彼に、いい相手ができたとしても、気づくことはないだろう。

憂鬱《ゆううつ》だ。

どうしてこんなにうちのめされているのか。そもそも、うちのめされているということ自体が達哉を悩ませた。

春が過ぎ、日差しがきつくなっている。ゴールデンウィークも終わって、なんとなく気が抜けたのもあいまって、ますます達哉は鬱屈《うっくつ》してしまう。

それでも、表面上はなにもないように振る舞った。夏生にも、なにも聞かなかった。夏生が話してくれるならば、聞いてもいい。でも、そもそも自分には関係ないはずだし……

——心の中で、そうやって何度呟いただろう。

まるで、自分に言い聞かせるように。

夏生の研究室を客が訪れたのは、そんなある日のことだった。

「あの、纐纈先生はこちらにいらっしゃるのでしょうか……？」

研究室にひょっこりと顔を出したその女性は、細身で華奢な人だった。肩までの髪をさらりと揺らして、はにかむように笑っている。手にはなにか差し入れらしい紙袋。そして、綺麗に巻かれたビニール傘を持っていた。

「……あの、あなたは？」

ちょうど夏生は不在で、結局彼に論文を見てもらう羽目になった達哉しか部屋にはいなかった。

丁寧なノックの音がするからドアを開けてみたのだが、研究所の香りのしない女性の来訪に、思いがけず動揺する。

「私は産土《うぶすな》と申します」

その女性は、丁寧に頭を下げた。

男性の平均身長よりやや低い達哉よりも、ずっと小さな彼女は、紙袋を達哉に差しだした。

「あの、これはお菓子です。差し入れですので、みなさんでどうぞ。それから、こちらの傘は、先生が忘れていかれましたから」

「そう、ですか」

達哉は緊張を隠そうとしたが、どうしてもぎくしゃくとした発音になってしまった。

産土というのはとても変わった名字だが、学長と同じ名だ。

——この人が、噂の学長の娘さん？

小さく息を呑んだ達哉だが、自分の胸が激しく鼓動を繰りかえしているのを自覚する。

どうしてこんなに動揺しているのだろうか。

噂には聞いていたのに。

本当は、「お茶でもどうですか？」とくらい、聞いてあげるべきだったのかもしれない。

もしくは、「纐纈先生は教官室だと思います」と一言教えるべきだったのだろう。

けれども達哉は、どうしてもそのどちらも選ぶことができなかった。

我ながら情けないことに、彼女が帰っていくのを黙って見送ってしまった。

コンビニで買ったようなビニール傘を、わざわざ忘れ物として届けにくるなんて、きっと彼女は夏生に会いたかったのだろうに——。

＊　＊　＊

——俺が、動揺することじゃないのに。

研究室に一人残った達哉は、とてもじゃないが論文に身が入らない状態になってしまっていた。

いつまでも、華奢な女性のうしろ姿が脳内でリプレイされている。

あれが、学長の一人娘。

品が良さそうな人だった。

彼女は、夏生と結婚するんだろうか。

いかにも、「仕事は家事手伝いです」と言いそうな、良家の女性という印象だった。

華奢な体だったが、女性特有の凹凸《おうとつ》あるラインが美しかった。抱きしめたら、男の形にかわるだろう、柔らかな肌の持ち主。

——俺、あの人と比べられていたのかな。

いつか、夏生に言われた言葉を思い出す。

達哉を抱きながら、夏生は女性の体との違いをしみじみと感じていた。

同性の関係は、かなり無理をしなくてはつながることができない。達哉がどれだけ抱かれ慣れても、それは同じ。そして、丸みもなにもない平らな体を寄せあうのは、ごつごつとしていて、そんなに気持ちいいものではない……——はずだった。

それでも、夏生とならば心地よかったことに、達哉は気づく。

けれどもそれは、夏生にとってはほんの気まぐれとか、性欲や征服欲や支配欲を満足させるための行為にすぎず、達哉にしてみれば彼と肩を並べているような、つかの間の錯覚と満足感を味わうための行為のはずだった。

愛情もなにもない、実りのない行為。

だから達哉は、夏生が自分以外の人間とどういう関係を結ぼうと、気にするべきではないんだと思う。

むしろ、あのはかなげな女性ならば、夏生を柔らかく受けとめて、実りのある関係を、恋愛関係を結ぶことができるのだろうから、彼とは長いつきあいにあるものとして、祝福するべきなのかもしれない。

しかし、実際はどうだろうか。

彼女の噂を聞いたときから憂鬱だった心は、鬱屈して沈みこむどころか、ざわざわと波立ちはじめる。

憤りとも、哀しみともつかない、この気持ち。胸の奥から野火が広がり、全身を焦がされていくような気分にもなる。

初めて芽生えた自覚が、達哉を揺さぶる。

——俺は、馬鹿か。

達哉は古ぼけたソファに腰を下ろし、両手で顔を覆った。

——なんで、こんな気持ちにならなくちゃいけないんだよ。夏生なんかのせいで……！

最悪だ。

今まで、卑屈になりつつも捨てられない負けん気の強さが、夏生との関係を続けている原因だと思っていた。でも、それは違う。

遅まきながら達哉は気づいた。

もしそうだとしたら、達哉は今、こんな想いをしていない。

夏生を他の人間と共有しているかもしれない、他の人間に奪われてしまうかもしれないということに、これほど動揺はしない……！

——これは嫉妬だ。

苦々しさで胸をいっぱいにしながら、達哉は自覚した。

達哉は、あの女性に嫉妬している。

夏生を柔らかに受けとめるだろう、彼女に。

彼をいずれ妻という名前で独り占めするかもしれない、あの人に。

心理学なんてやってるのに、人の心の解剖をしていくような真似をしているっていうのに、自分の想いに今まで気づかなかったなんて、達哉はなんて馬鹿なんだろう。

それとも、これは見栄っ張りで負けん気の強い達哉が、無意識のうちに自分の気持ちに対して目をつぶっていたということになっているのだろうか?

けれども、溢れだした想いに、ごまかしはきかない。

そこまでみっともない人間になるべきではないと、達哉は腹を括《くく》った。

——俺は、あんなやつが好きだったのか。

自分の趣味の悪さに、絶望しそうだ。

向こうが達哉を好きでもなんでもないことくらい、わかっている。達哉はお手軽な彼の玩具だ。わかっているのに、どうして惹かれてしまったのか。

——そういえば、最初のとき……。あいつが転校したのを知ってめちゃくちゃ怒ったけれども、されたこと自体はいやじゃなかったんだよな。俺、あのときからあいつが好きだったのか?

これが錯覚か気の迷いであれば、どれだけよかっただろうか。

いったいあんなヤツのどこがいいんだろう。自分勝手だし、デリカシー皆無だし、どう指おり数えても、欠点しか出てこないような男なのに。

こぼれるため息は、暗く、重い。

こんな気持ちは、自覚したくなかった。

顔を覆ったまま、達哉はしばらく動くことができなかった。


「——あれ、達哉。なにしてんの？」

重苦しい達哉の気分とは対照的な、明るい声が響いた。夏生が帰ってきたのだ。

「誰か来てた？　あ、ひょっとして濤子《なみこ》さんか」

机の上に置いた、紙袋と傘に気づいたらしい。どことなく、夏生の口調に微妙なものが混じった気がするが、達哉の考えすぎだろうか。

——こいつが、俺になにか遠慮するはずがないしな……。

いまさら、夏生になにを期待しているのか。いっそ、自分が哀れだ。

「……産土学長の娘？」

顔を上げられないまま、達哉は尋ねた。

「ああ」

夏生は軽く頷く。

「知りあいなのか」

「……まあ、そんなもん」

夏生にしては、歯切れが悪い。

このデリカシー皆無の男が、一応達哉に遠慮してるのだろうか。どうも釈然としないが。

「可愛い人なんだな。学長とは少しも似てない」

「中身は似てる気がするけどな……あ、差し入れクッキーか。クッキーには罪ねぇよな。達哉も食う？」

クッキーには罪がない、だなんて。いったいどういう意味なのか。

すっかり疑心暗鬼になっている達哉は、今の夏生の言葉はすべて、なにか意味があるのではないかと勘ぐってしまう。

「いや、今はいい」

達哉は小さく頭を振る。とても、なにか食べられるような元気はない。

「……なんか体調悪いのか？」

夏生が、達哉の肩に触れてくる。

「暑いから……」

達哉は呟いた。

心の中では何度も、落ちつくようにと自分に言い聞かせる。触れられただけで動揺するなんて、馬鹿みたいだ。

「そうだな。名古屋の夏は、超蒸すし」

「まだ初夏だ」

「なに、すぐだって。……その前におまえ、今の論文やっつけないと」

「ああ……」

もう、大丈夫だろうか。

自分はいつものように、なんでもない顔ができているだろうか。

達哉は思いきって顔を上げた。

夏生は首を傾げる。

「……なんか、妙な顔してない?」

「妙とはなんだ、妙とは。もともと、俺はこういう顔だ」

つんと顔を背けながら、達哉は強がった。

他に、どうすればいいのか、わからない。

今さら、どうして夏生に好きなんて言えるだろうか。

達哉を好きでもなんでもないのに、どうでもいいのに、欲望を満たすだけに抱いているこの男相手に。

＊　＊　＊

嫌いなところをたくさん数えあげてやろうか。愛想がつきてしまうまで……——達哉は、そんなことまで思いつめた。

実際に、いやなところは山ほどある。数えることは簡単だ。でも、それで夏生への想いが目減りしてくれるものでもなかった。

——重傷だ。

ナナにリンゴを与えながら、達哉はため息をつく。憂鬱な気分をナナも敏感に察してか、つぶらな黒い瞳で、じっと見つめてくる。

「……ナナは、悪い男に引っかかっちゃ駄目だぞ」

いつか大きくなれば、ナナもそれなりの相手と交尾《ペアリング》して、子どもを作ることになるだろう。

ナナが子どもに対して、教えられた言語をどう伝えるか。それは、湯島にとって重要な研究テーマのひとつだから、ナナが望んでも、望まなくても、必ずナナは子どもを持つことになるはずだ。

ナナは人間とあまりにもべったりしすぎて、どうも自分を人間だと思っているふしがあるから、ひょっとしたらペアリングが上手《うま》くいかなくて、人工授精になるかもしれないが。

ナナが、ひょろんとした手を伸ばしてくる。チンパンジーの成人は握力が強いので要注意だが、ナナはまだ子どもだ。その子どもの手が、達哉の頭を撫でる。

「慰めてくれてるのか?」

達哉は苦笑いした。

子どもに慰められるとは、本当に情けない。

達哉は、ナナをそっと抱きかかえた。

「あんなんの、どこがよかったんだろう。な……」

額をこつりと押しつける。ナナは不思議そうに達哉を眺めたあと、ぎゅっと抱きついてきた。

達哉は、相当参っているのかもしれない。ナナのぬくもりが心地よくてたまらなくて、しばらく彼女を離すことができなかった。

＊　＊　＊

……とはいえ、夏生の前では弱いところなんてみせたくない、なけなしのプライドもあるわけで。

「はーい、リテイク」

ナナの世話をしてから研究室に戻ったあと。夏生へと提出していたレジュメを容赦なく却下されて、達哉はまなじりをつり上げた。

落ちこんでいることをごまかすように、いつもよりも怒りの導火線に火がつきやすくなっているのかもしれない。夏生の軽い口調が、癇《かん》に障った。

「わけを説明しろ」

「結果の分析が通りいっぺん」

デスクに頬杖をついた、ふんぞりかえった態度で、夏生は偉そうに言う。いや、彼は今、教官の立場でものを言っているのだから、偉そうでもいいのだが。

「達哉は丁寧なんだけどなー。教科書通りに分析しすぎってか……。面白くない」

「別に、面白い必要ないだろ」

「でも、もったいないじゃん。こんなにきっちり、数値出してんのに。俺、こういうレポート好き」

夏生の意識が、すっと達哉のレポートに集中していく。

視線がじっと紙面に注がれて、綴じたレポートをぱらぱらとめくっていた手がゆっくりになっていき、やがて止まる。

「……夏生？」

どう呼びかけようか悩んで、結局はいつもどおりに名前を呼んだが、夏生は反応しない。無視されているわけではない。彼は、集中しはじめると、周りが目に入らなくなるのだ。

――高校時代から、こういうところ変わらないな。

いつもつまらなさそうにしていた顔が、なにかひとつのことに集中しはじめると、ぞくりとするほど凄みを増す。ある種の色気さえ、漂いはじめるのだ。

達哉が初めて、そういう夏生の姿を見たのは、高校一年生の冬だっただろうか。

達哉たちの母校は夜八時まで自主勉強で居残ることが許されていた。むしろ、推奨《すいしょう》という名前の半強制状態だ。かくて、たいていの選抜クラスの生徒が図書館やら教室やらで、おとなしく机に向かっていたのだが、夏生はさっさと家に帰るクチだった。放課後の学校で顔を見た覚えがあまりない。

その夏生がなにかの気まぐれで居残りをしているときは、だいたい、屋上に続く非常階段で一人で過ごしていた。

達哉が声をかけても、夏生は気づかなかった。微動だにしないその横顔は、達哉が今まで見たことないほど真摯《しんし》で、集中力の違いを達哉は思い知らされたものだ。

夏生はたしかに天才肌の人間だが、決して努力をしていないわけじゃない。もちろん、達哉と同じ量の努力をしたら、きっと夏生の出せる結果のほうがすばらしいものにはなるのだろう。けれども、達哉が夏生の何倍も努力したら、もしかしたら彼に追いつけるかもしれない……――あれが、不毛な敵愾心《てきがいしん》が燃えあがるようになったきっかけだったか。

夏生に、つまらなさそうな顔をさせたくない。

真っ正面から挑んでやる。

こっちを向け、と。

ここにいるよ……――心の中で呟いて、達哉はわずかに赤面した。

なんのことはない。むきになっていたのは、夏生を振り向かせたかったからだ。

自分は、あのころから夏生に惹かれていたのだろう。

その背中を追いかけ、並びたいと思ったからこそ。

夏生はまったく自分とは住む世界が違う相手だと思うには、達哉は少しうぬぼれすぎていて、ほんの少し、夏生の素顔を見過ぎていたのかもしれない。

だから、諦められなくなった。

――しかたないか。俺、負けず嫌いだし。……でも、夏生のこういうすごいとこ、好きなんだよな。

達哉は諦めまじりに考える。

――優しいとか、誠実とか、そういう性格のよさって、夏生にはまーったく期待できない。絶対に、他にいい人いるよな。俺、もともと女のほうが好きだし。いや、男だって、こいつよりいい男は、たぶんいるはずだ。

けれども達哉は結局、真摯な横顔から目が離せない。

――そりゃ、優しくしてもらえたら嬉しいし、誠実にしてもらえたら喜ぶけど……。

でも、それは好きな相手だからだ。

好きな相手にしてもらえることだから、なんだって嬉しい。

達哉は口元を覆う。

――ああ、駄目だな。すっかりはまってる。

夏生のことを考えるだけで速くなっていく鼓動が、彼を好きだと叫びはじめているような気がしてきて、達哉は思わず胸元を押さえた。

――もう、しかたない。

たとえ不利な立場でも。

触れあうことができている、ただそれだけで満足するしかなくても。

達哉はじっと、夏生の精悍《せいかん》な横顔に見入る。

——俺は、こいつが好きなんだ。

長すぎた片想いを噛みしめ、達哉は心の中で何度も繰りかえす。

プライドや意地や、これ以上惨めな想いはしたくないという小心さが邪魔をして、口にはどうしても出せないから、声にならない呟きで。

——好きなんだ……。

たとえ、気まぐれにつきあわされているだけでも。

彼の胸の中に、他の誰かがいるのだとしても。

ACT 5

出会ってからは九年。体でつながりを持つようになってからは、すでに八年経っている。

それなのに、いまさら自覚した想いに、達哉《たつや》は悩まされていた。

――単に、肩を並べられる気がするっていう理由で抱かれてたほうが、マシだったのか……。もしかして。

自覚したからといって、どうなるものでもない。苦しくなるだけだ。

夏生《なつき》は、誰よりも傍にいるのに、誰よりも遠い男なのだ。

どれだけ不毛な関係とはいえ、彼を誰よりも身近に感じられる立場は手放しがたい。彼を好きだという気持ちを抱えたまま、達哉は彼と関係を続けていくのだろう。

――あの他人に興味のない夏生が、玩具扱いにしたって、俺を弄るていどには気に入っているわけだし、もうヤってんだし、もうそれで十分だって思うほうが、きっと楽になれるんだと思うけれども……。

はじまった瞬間に、諦めるしかない恋だった。けれども、夏生と関係を持っているぶん、自分は完全な片想いより恵まれているはずだと、達哉は自分を慰めようとしていた。

とはいえ、人の心がたやすく本人の意志に従ってくれるものならば、心理学はこんなに発達しなかったと思う。

——調子出ないな……。

研究所の廊下を歩きながら、達哉はため息をついた。

前以上に夏生のことが気になるせいか、気もそぞろになっている。ケアレスミスが怖かった。

達哉はたしかに、あれこれと考えこむほうだけれども、ここまでひとつのことに頭が占《し》められてしまうのは初めてだった。

——こういうのが『好き』ってことか？　じゃあ、夏生と出会う前のは……違うのか。

まさかと思うが、今のこの気持ちが初恋ということになるのだろうか？　よりにもよって、相手は夏生。不毛だ。自分の趣味の悪さに、思わず目頭が熱くなる。

それでも、夏生に惹かれる気持ちは止められない。

——いつまで、夏生は研究所にいるんだろ。

思えば達哉は、夏生が研究所にこない、週の四日間、なにをやっているのかすら知らないのだ。もともと、あまりお互いの研究のことを話すような仲ではなかった。現在は夏生がピンチヒッターで指導教官になっているから、さすがに研究テーマについて話すけれども、それはイレギュラーなことで。

もっとも達哉は、夏生がオフィシャルに発表した研究成果はひととおり目を通している。そして、その斬新かつ執拗なくらい細かい手法には、いつも頭が下がる思いだ。

そんなことは絶対に口に出してやらないが。

張りあったりこだわったりするのは、子どもっぽすぎると思う。けれども、きっと夏生は達哉がなにを研究テーマに選んだかなんて、指導教官になるまで知りもしなかっただろう。心理学を目指した原因のひとつに、夏生の存在があったことも。

彼を追うように歩いていれば、当然越えるのは難しくなる。傍にいればいるほど、コンプレックスに苦しめられるはめにもなるかもしれない。けれども心のどこかには、自分の目の前を歩くその背中を、いつまでも追っていたいという思いもあった。

認めるのは、悔しすぎるけれども。

結局達哉は、もてる能力のすべてを使って、生き生きとしている夏生の姿を見るのが好うだった。
はじめからおわりまで、夏生だけ。考えれば考えるほど、自分の業《ごう》の深さに目眩がしそ
そして、自分もああなりたいと願うからこそのライバル心で、執着だった。
きなんだと思う。

——夏生、いるのかな。

研究室に辿り着いた達哉は、ドアにかけられたホワイトボードで在室確認をしようとす
る。すると、珍しく来客中の札がかかっていた。

もともとの主である湯島はボルネオだから、間借りしている夏生への客だろうか。

達哉の脳裏に、ふと、先日の美しい来客の姿が浮かぶ。

——いや、まさか……。彼女のはず、ないよな。あのときだって、忘れ物届けに来たっ
て言ってたじゃないか。コンビニのビニール傘だったけどさ……。

どう見ても口実にしか見えなかった、届け物。彼女の、夏生への執着を表しているのか
もしれないと思うと、複雑な気分だった。

夏生は人格破綻者だが、顔だけはいいから、あの綺麗な人とも見た目はよくお似合いだ。

達哉よりもずっと。

それとも夏生でも、彼女のような人には優しいのだろうか。

考えるよりも、感じて動く。夏生はそういう、ケダモノに近い男だった。本能の命じるまま、誰かに優しくすることもあるのかもしれない。

その『誰か』が、達哉ではないだけで。

――俺は馬鹿か。まったく、誰かわからない来客が来てるってだけで、どうしてこうも後ろ向きになれるんだか……。

達哉は大きくため息をつくと、気持ちを切り替えるように頭を振る。

そして、研究室ではなくて、院生室へと向かった。

＊　＊　＊

発達領域の院生のたまり場になっている第一院生室は、雑然としていた。一応私物を置いておくのは禁止のはずだが、規則はあってなきがごとし。プレイステーションまで持ちこんでいるヤツまでいる。

たまたま、今日は誰もいなかった。

夏生の客が帰るまで時間でもつぶそうと、据え置きのパソコンを起動させようとしたそのときだ。

院生室のドアが開いた。

「あ、野瀬《のせ》じゃん」

「玖珠《くす》さん、ども」

入ってきたのは、臨床心理学領域のD2の先輩だ。振りかえった達哉は、ちょっと頭を下げた。

「おまえ以外、いねぇの？　つまらん」

「麻雀ですか。ポーカーですか？」

「違うって」

ドアを閉めた玖珠は、声を潜めた。

「廊下で修羅場」

「は？」

「それがさ、纐纈《こうけつ》先生とどっかの美人が揉めてんの」

「な……っ」

達哉は思わず立ちあがり、玖珠を押しのけるようにドアを飛びだしてしまった。

コの字型になっている廊下の角まで来て、達哉はぴたっと足を止めた。たしかに、男女の声が聞こえてくる。

「……気をつけて帰って」

珍しく夏生が、人間らしい気遣いをしている声が聞こえてきた。

「いちいち、来てくれなくたっていいのに。電話で十分じゃん」

「そうはいきません。私が、あなたに会いたいの」

女性の声に、聞き覚えがある。

達哉の背中を、冷たい汗が滴った。

――産土《うぶすな》学長の……。

廊下の角からも、ひらりとスカートが揺れるのが見えた。

先日訪ねてきた、産土濤子《なみこ》の声だ。間違いない。

「熱烈で、嬉しいんだけどさ……」

「だって、あなたは必要な人だから」

外見のイメージより、濤子ははっきりした性格らしい。彼女は聞いている達哉がどきっとするようなことを、きっぱりと言った。

「だから会いに来るの。気にしないで」

彼女の声の調子が、ふわっと和らぐ。

「……わかってください」

「うん。……わかってってけど。あんたには、敵わないな」

夏生は珍しく、困っているような口ぶりになる。そして、ちょっとだけ笑ってみせた。いつもの、くちびるの片端を上げるような、少し皮肉っぽい笑顔とは全然違う。その表情が自分に向けられたものではないことに、達哉はなによりもうちのめされた。

動揺のあまり、膝が震えはじめる。

濤子には、見栄も衒《てら》いもないらしい。素直に、ひたむきに夏生を求める感情だけが、その声には滲んでいた。

達哉にはない、美しい感情が。

そんなふうに求められ、心を動かさないとしたら、不感症なんじゃないだろうか――。

「ほら、なんか深刻そうだろ」

玖珠が追いついてきたらしく、ひそひそと話しかけてきた。

しかし、達哉は返事もできない。

――俺は今まで、あんなふうに夏生を求めることがあっただろうか。これから先、求めることができるだろうか……？

ひやりと冷たいものを呑みこんだような気分になり、達哉は身を竦ませた。

――いらだつばかりで、夏生に「振り向け」って求めるばかりで、自分からはあいつになにも……。

濤子の素直さに、すでに自分は負けている。張りあうことすらできていない……――こんなときまで勝ち負けで考えてしまう達哉だから、恋のひとつも上手くいかないのかもしれないけれども。

気持ちが、どんどん沈んでいく。

彼に焦がれているのに、素直になれない。勇気を振り絞って、好きだと告白したところで、到底受け入れてもらえるとは思えなかった。

達哉は生まれてはじめて、自分自身でいることがいやになった。自己嫌悪よりももっと強く深く、自分に絶望的な気分になったのだ。夏生に愛されない、素直に愛せない自分に。

――セフレか……。

今の不毛な関係は、自業自得としか思えなくなってくる。

目の奥が熱くなった気がして、達哉はかたく目をつぶる。さもないと、こみあげてくるものが溢れだしてしまいそうだった。

濤子が訪ねてきたその日にも、夏生は達哉を誘った。研究所に来ているときは、帰りに必ず達哉を誘うから、それ自体は珍しいことじゃない。達哉の、複雑な気持ちも知らないで。

それにしたって、今日まで達哉を誘うなんてデリカシーがなさすぎる。

——濤子さんのことは、いったいどういうつもりなんだよ。それとも、やっぱり噂は噂で、具体的につきあっているってわけでもないのかな。

気を抜くと、達哉はそのことを考えこんでしまう。

一緒に夕食をとったあと、達哉は夏生の家に寄っていた。車で、十五分もかからない場所だ。

彼の部屋に行くということがなにを意味するのかはわかっていた。

素知らぬ顔で誘いをかけてきた夏生に対し、憤りは感じている。やっぱり、人の血が薄いんじゃないだろうか。

けれども夏生は、自分のやりたいように行動している、本能に忠実なケダモノみたいな男だ。だから、達哉とセックスしたいという気持ちはたぶん本当で、そして濤子にあんな照れくさそうな笑顔を向けていたのも……——彼にとっては、どちらも本音。

——あいつ、ニホンザルに生まれてきたらよかったんだよ。ボスだったらハーレム作れるからさっ。

自棄になりながら、達哉は内心、夏生を罵る。

けれども、「うち来るだろ？」と笑いかけられると、拒むことはできなかった。

本当のところ、夏生と濤子の関係がどういうものかはわからない。もしかしたら、達哉たちの邪推なのかもしれなかった。

けれども、あの二人の関係がどうであれ、達哉が濤子のようにまっすぐに夏生を欲することができないのはたしかだ。達哉の性格的な問題もあるし、おまけにセフレなんかになってしまったせいで、未来永劫《みらいえいごう》、その権利を放棄してしまったような気がする。

こういう感情にすら勝ち負けを考えるなんて、本当に馬鹿みたいだけれども、濤子に対して「負けた」という気分にもなっている。

体の距離は近くて、夏生の本音に誰よりも触れている。彼の情報をたくさん持っているからこそ、達哉は臆病になっていた。

面倒くさいと思われたくない。重たい関係はごめんだと、夏生が言いだしかねないことを知っているから、いまさら素直になるのは怖かった。彼は束縛を嫌う男だ。

恋愛だろうが執着だろうがコンプレックスだろうが、それがどんな感情の形であれ、達哉の心を誰よりもかっさらっているあの男との関係を絶たれたくない。

奔放な彼の心は手に入らなくても、せめて肌のぬくもりだけでいいから、感じたいのだ――。


服を脱ぐときの気恥ずかしさというのは格別で、いつまで経っても慣れることはない。

達哉はベッドに腰かけ、夏生に背を向けていた。

Tシャツをまくりあげ、そのまま脱ぐ。ジーパンのジッパーを引き下ろそうとしたとき、達哉は視線を感じて顔を上げた。

「な、なんだよ」

すでに服を脱いでいる夏生は、達哉が服を脱ぐのを待ちかねたみたいに、背中へと張りついてきた。

あいかわらず、大きな体をしているくせに、まるで子どものようだ。

「……キス」

夏生はぼそっと呟いて、覆いかぶさるような体勢のまま、口づけてくる。軽く触れる、冗談みたいなキスだった。

「腹でも壊してんのか？」

「え……っ」

「いや、なんか、おまえへんだし……」

夏生は首を捻っている。

「へ、へんて？」

彼の何気ない言葉に、達哉は動揺した。

「上手く言えないけど、ここんとこ、ずっと上の空だろ。そんなんで、六月の学会は大丈夫なのか？」

日ごろ他人に無関心なくせに、どうして気づかなくていいことだけ気づいてしまうんだろうか。

「……夏生に心配されるなんて、俺もおしまいだ」

憎まれ口を叩くけれども、図星《ずぼし》を刺されてしまった動揺は抑えられるものじゃない。指が震えているせいか、ジーパンのホックがなかなかはずれなくて、耳障りな音を立て、よけいにいらだちを掻きたてた。

「くっ」

「なにやってんだよ」

舌打ちした達哉を見かねてか、夏生が手を伸ばしてきた。

「触るな、自分で……」

「できないじゃん。なに手を震わせてんだよ」

夏生は困惑しきった表情になる。

「なあ、いきなり俺とヤるのいやになったのか？」

「……違う」

「本当に？」

「どうしてそう思うんだよ」

「なんとなく」

夏生は、ため息をついた。

「おまえがそういうふうだと、調子狂う」

「なぜ？」

「打てば響くっていうか、こう……。はねっかえられるほうが押さえつけがいがあると言うか。おとなしくされてると、逆にやる気ねぇんじゃないかっていう気がしてくる」

夏生は冗談ぽく笑っているけれども、おそらくそれは本音なのだ。夏生の自分に対するスタンスが、いやというほどよくわかる。

夏生の言葉は、達哉の胸に苦い想いを溢れさせた。

——たしかに、抵抗したり、むきになったりしているほうが、おまえの支配欲や征服欲を満たすんだろうな。

達哉は、夏生に抱かれたいと思っている。

そして、夏生は達哉を抱きたいと思っている。

二人して同じ行為を望んでいるけれども、理由は全然違うのだ。今、そのことを達哉はとてもむなしく感じていた。

なんでこんな男を好きになってしまったんだろう。

「やる気がないわけじゃない」

投げやりになったかのように、達哉は吐き捨てた。

自分はどうして、こんなにも突っぱねたような態度しかとれないんだろう。

もっと達哉が素直だったら。

優しくしたら。

まっすぐにぶつかっていたら。

——夏生が俺を好きになるって可能性、あったのかな。ライバルにはなれないけれども、恋人になれることは、あったのかな……？　今の言葉を聞くかぎり、望みなさそうだけど。きっと、夏生にムキになってる俺だから、興味惹けたんだろうし。

口に出せない想いが、達哉の胸の中で、あぶくのようにぱちんぱちんと弾けていく。

要するに、夏生にとっての達哉は、恋愛対象ではない。その残酷な事実は動かしがたいことだと思い知る。

たまらない気分になってきた達哉は、小さく頭を振ると、開きなおって口を開いた。

「……証明してやろうか？」

達哉は、低い声で囁いた。

本当のことは言えない。

けれども、体を欲しがっていることくらいならば、口にしてもいいだろうか。

どうせ、セックスの最中の言葉遊びくらいにしか、夏生はとらないだろうから。

「は……？」

達哉の記憶にあるかぎり、夏生のそんな間抜けな声を聞いたことはない。なにを言われているのかわからないとでも言いたげな、気の抜けた声だった。

ささやかな逆襲にも、なりはしない。けれども、ふいを突かれたかのように、無防備に自分を見る夏生の表情は、なんだか可愛かった。

達哉は夏生の下肢に手を伸ばす。

ジーパンの上からでも、そこがかすかに硬くなっていることがわかった。彼が興奮しているのだと思うと、やはり嬉しくなる。

ジッパーを引き下ろすとき、さすがに手が震えてしまった。夏生がそこへの愛撫を達哉に強いたことはほとんどなくて、口づけた経験すらもなかった。

「わ……っ、おい、達哉！」

夏生は驚いたように声をあげると、すとんとベッドに尻餅をつく。慌てる彼におかまいなしで、達哉はそこに顔を寄せていった。ためらっていたら、よけいに気恥ずかしくなりそうだったからだ。

下着をかきわけ、指先で欲望を探りだす。同じ男の体。本来ならば、こうして触れることも、ましてや体内に咥えこむことすらもなかったはずのもの。

つながりを作ったのは夏生で、たとえ彼の意図がどうであれ、達哉は彼に捕まってしまった。受け入れて、これでよかったのだと思った時点で、達哉の負け。

十七の夏に、勝負は決まっていたのだ。

——俺は、絶対におまえに勝てないんだ。

初めて自分から進んで握った夏生の欲望は、高校時代よりも大きくなっているようだった。達哉より大人になるのが早かった夏生のそこは、今でも達哉のものより大きくて、雄の濃い匂いがした。

「……おい、マジかよ」

達哉が根本を指で支え、先端に口づけしたとたん、そこは大きく震えた。

そのあからさまな反応に誘われるように、達哉はくちびるを開き、無言でそれを咥えこむ。

「ん……」

口の中にいっぱい、なまなましい味が広がる。自分の唾液ではない、ぬるりとしたものがとたんに溢れ、口腔を独特の味が満たした。

自分の狭い場所に、これが食いこんでくるなんて、なんだかぴんと来ない。人間の体の順応性の高さに、驚嘆するべきなのか。

「どうしたんだ、達哉……」

名前を呼ぶ、夏生の声は掠れていた。

彼が感じていることを悟り、達哉はますます熱心に舌を這わす。彼が達哉から快楽を得ているのだと思うことが、悦びにつながっていく。

「……っ、ふ……」

夏生の味が、どんどん濃くなっていく。滲みだす粘り気のある体液に、達哉は興奮させられた。

「……おまえ、いつのまに、こんな………」

髪を掴まれたかと思うと、視線を上げるように促される。頬張っているところを見て、支配欲を満足させようと言うのだろうか。

ちらりと上目遣いになると、鋭い眼差しと出会った。黒い瞳が眇《すが》められ、色っぽく潤んでいる。滲んだ達哉の輪郭が、夏生の瞳の中にあった。

夏生は、かすかに笑う。

「どこでこんなこと覚えてきたんだって、焦ったけど……。どこでも覚えてないよな。だって、下手《へた》だし」

こんなときでも、人をいらだたせることにかけては、夏生は一級品だ。憎まれ口を叩かずに、おとなしく可愛がられていればいいのに。

彼は背を屈めると、達哉の髪を掴んだまま、耳元にくちびるを近づけてきた。そして、小さく囁く。

「……でも、すげぇ気持ちいい」

「……！」

そのとたん、達哉はむせかえってしまいそうになる。

――こいつ……！

涙目で睨みつけると、夏生はにやりとくちびるの端を上げた。

「どういう風の吹き回しか知らないが、ものすごく嬉しい」

夏生は言葉を飾ったり、自分の感情を隠したりしない男だから、こんなときにも惜しみなく自分の感情を表す。悔しいとか、負けてるみたいでいやだとか、達哉みたいにちっぽけなことでためらったりしないのだ。

こういう男だから好きになった。でも、素直になれない我が身を振りかえると、愛しさとともに苦い想いが胸に募る。

この潔い男がまともにひねくれた自分を相手にしてくれなくてもしかたがない、置いていかれるのも当然だと、納得してしまいそうになるから。

くちびるから夏生のものを引き抜いて、達哉は小さく呟いた。

「……うるさいな」

どうしてこんなときにも、突っぱねることしかできないんだろう。こんなに意地を張って、自分はどうしようって言うんだろう。

達哉がもう少し素直な性格だったら、夏生と上手くいっただろうか？　けれども、素直

な達哉なんかには、そもそも夏生は興味すら惹かれなかったかもしれないのだ。

それはちょうど、夏生がこういう性格だから達哉が惹かれてしまったのと同じ。きっと世の中には、楽に一緒にいられる相手、一緒にいるだけで安心できる人だっているだろうに、達哉は夏生しか駄目なのだ。

「いつもの調子が出てきたじゃん」

夏生は達哉の顎を掴みあげ、キスしてくる。そして、体から力が抜けた達哉を、そのままベッドに突き飛ばした。

「あ……っ」

達哉は思わず息を呑む。

「なにするんだよ」

「おまえのサービスがよすぎるからさ……。我慢できなくなった」

「待ってくれ……！」

「待てない」

ベッドに達哉を押しつけた夏生は、黒い瞳をぎらつかせる。黒目が大きいせいもあって、印象的な瞳だ。けれどもなにより、その活力に富んだ輝きが、彼の瞳を一目見たら忘れられないものにしているのだと思う。

射すくめるように見据えられ、動けなくなる。

「あ……」

肌と肌が重ねられる。平らな胸。筋肉質の体。決して触れても心地よくないはずの、柔らかさを堪能できない、同じかたちの体。

ひとつになって睦みあうためではなく、ねじ伏せられるように、捕食されるように、翻弄されていく。

「……っ、く……ん、あ……」

慣れた愛撫のはずだった。それなのに、体に火がつく。ひどく疼いて、たまらない。いい。よすぎる。

いつもならば癇に障るはずの、性急な行為も、少し荒っぽい仕草も、ねじ伏せるような腕の力も、今はすべて快感に変わっていく。

おそらくは、達哉の胸にある感情のせいだ。八年越しでようやく自覚した想いがあるから。

——愛しい。

覆いかぶさり、体を貪ろうとしている男へと、達哉は手を伸ばした。

そして、少しくせがあって跳ねかえっている髪を撫でつけるように頭に触れる。こんなことをしたのは初めてだ。こんな、愛しくてたまらなくて、体の奥底から走る震えに促されるように、夏生へと指を伸ばすのは。

「……え、なに……？」

夏生は一瞬、驚いたように目を見開いた。

ばつが悪くなって、達哉は手をひっこめる。

「な、なんだよ」

「それ、こっちの台詞」

夏生は首を傾げている。

黒い瞳にじっと見つめられるのは、ばつが悪いどころの騒ぎではなかった。まるで気持ちを見透かされてしまいそうで、怖い。

彼に煩わしいと思われたら、どうすればいいんだろう？

夏生が達哉へと手を伸ばしてくるのは、ほんの気まぐれだ。もし達哉が本気になっているのだと知ったら、もしかしたら二度と夏生は触れてくれないかもしれない。重苦しいしがらみだと思って、遠ざかっていくかもしれないのだ。

心は諦めている。

けれども、体だけでいいから触れていたかった。

だから達哉は、自分の気持ちを隠すしかない。

「……いつも、俺ばっかか、やられっぱなしだから。意味なんてない」

「ふーん。ま、なんでもいいけど」

夏生はあっさりしていた。達哉のことなんて、いちいち気を回すまでもないんだろう。

「でも、今の気持ちいいから、もう一回やって」

「今のって？」

「だから、髪触って」

夏生のくちびるが、にっと横に動く。

「おまえのへたくそなフェラより、ずっといい」

「うるさい」

達哉はこぶしを握りしめ、軽く夏生の頭を小突く。

「痛いな」

軽く睨んでくる夏生だが、楽しそうに笑っている。そして、「ほら」とさらに促してきた。

あらためて、要求されると照れくさいのはなぜだろう。

けれども達哉は、そろりと手のひらを動かした。

少しごわごわした黒髪の感触。

こんなふうに触れるのは、初めてだ。いつも、叩いたりひっぱいたりどついたり……——全部一緒か。

ぶつかりあうことしか、なかった。

「おまえがこういうときに俺になにかしてくれんの、初めてじゃないか？」

笑みを含んだ囁きが、達哉の心を疼かせる。

夏生には反発してばかりで、彼のためになにかをしようなんてことを、達哉は考えられなかった気がする。抱きあっているときさえ、優しくしてやれなかった。

こんな自分に夏生が本気にならなかったのも、当たりまえなのかもしれない。達哉の自業自得だ。横に並びたい、こちらを見てほしいと願うことしかしなかったから。

——もう、遅いかな。

過ぎた時間は、やりなおしがきかない。

けれども、いまさらだとはわかっているし、埋めあわせにするつもりもないが、こうして夏生に触れることで、なにかが変わったりすることもあるだろうか——。

「気持ちいい」

目を細めた夏生は、達哉の平たい胸に顔を埋めてくる。

甘えられているような気がして、達哉は目を細めた。

同じかたちをした体。こんなものに、夏生は本当に心地よさを感じたりしているのだろうか？

女性の胸とは違い、平らなだけの胸。顔を埋められても、彼のかたちにへこむこともない。

柔らかく受けとめることができないことを、ぶつかることしかできないことを、達哉はいまさらのように悔やんでいた。

――考えても、しかたがないのに。

甘く突起を噛まれる。

「あ……」

ちくんとした刺激は、心の痛みそのものだ。

それでも、愛撫には反応する。ゆるやかに全身に広がる熱に、達哉は身を任せた。

いつになく感じて、キスにもそれ以上の行為にも激しく反応して、熱に浮かされたように夏生の名前を呼んでいると、彼はとても嬉しそうな表情で、達哉を抱きしめてくれた。

こんなときならば、素直になれるのに。

こんなときにしか、素直になれない。

達哉はそっとくちびるを噛みしめ、夏生の背中に腕を回した。

＊　＊　＊

——このまま抱かれていたら、まずいかもしれない。

夏生のベッドに体を投げだしたまま、達哉はぼんやりと考えていた。

すでに体は離れていた。夏生は暑いと言って、裸のまま体を起こし、手で首のあたりを扇《あお》いでいる。達哉はまだ気だるくて、動く元気がなかった。

「なあ、本当におまえ、どうしたんだよ？」

達哉の髪を撫でながら、夏生は問う。心なしか、優しい手つきだった。こんなふうに、体を離したあとまで構われた覚えはない。

「……なにが？」

達哉は夏生に背を向けたまま、尋ねる。

「だから、今日さ……。すごい優しいし、甘いし、なにおまえ」

「なにと言われても」

達哉は口ごもる。

そんなにも、自分はいつもと違っていただろうか。

この、デリカシーのかけらもないような男に悟られてしまうほど。

——しかたないじゃないか。自覚してしまったから。

達哉は、胸の中でこぼす。

気持ちひとつで、こんなにも得られる快楽が違うものだとは思わなかった。いつもよりとても深く、あとを引くような快感に達哉は全身を震わせて、乱れてしまった。最中に夏生が、「大丈夫か？」と何度も聞いてくるほど。

——このまま続けたら、俺はどうにかなりそうだ……。

抱かれつづけたら、想いを隠しておけなくなるかもしれない。

いつになく素直に肌を許すことで、変わってしまったのは、夏生ではなく、むしろ達哉自身だった。

胸にほとばしる熱はやがて溢れ、夏生に注がれていってしまいそうだ。そんなことになったら、夏生はさぞ迷惑がるだろう。

達哉を、疎ましがるだろう。

——しないようにしたほうが、いいのかな。

埒もないことを、達哉は考える。

そんなことをして、今の自分の気持ちに整理がつくかどうか、達哉にもわからない。今はとりわけ、自覚したばかりの気持ちが抑えられないせいかもしれないが。

——この気持ちは、いつか抑えられなくなるだろうか。

予感があった。

今日だって、快楽の波が揺り返し、夏生が体内で大きくなっていくにつれて、胸が痺れるように熱くなり、どうしようもなくなっていたのだ。腕を伸ばして、脚を絡め、まだ足りなくて、触れあう粘膜をしめつける。それでも、まだ満たされない。

その飢餓感《きがかん》はどんどん深くなっていった。

触れられたいが、いずれ抑えが効かなくなりそうで触れられつづけるのは怖い。疎まれるくらいなら、触れられないほうがいい……——短絡的だが、達哉はそこまで思いつめてしまう。

「なあ」

こんなに夏生が優しい声を出すのを、達哉は初めて聞いた。

彼は寝転がっている達哉の顔を覗きこみ、尋ねてくる。

「もう一度、ヤっていい?」

「……いやだ」

達哉は即答する。

なんでよりにもよって、夏生はタイミングの悪いことを言いだすのか。

今日はとにかく、もう無理だ。胸がいっぱいになってくる。

「ヤりたくない」

「えっ、なんで?」

夏生は、達哉の肩を揺さぶりだした。

「ちょっと待て、最初のサービスは減数のためか」

「……おまえは、そう思ってろ」

本当のことは言えるものか。達哉は思いきって体を起こす。まだ少し腰が気だるいが、動けないほどではなかった。

脱ぎ捨てたシャツを着ようとすると、思いっきり夏生に邪魔されてしまう。

「おまえな、人の話聞かずに、服着るなよ」

「……帰る」

「うわっ、ちょー勝手」

「身勝手男に、勝手呼ばわりされたくない」

達哉は夏生を振り向かないまま、ベッドを出ようとする。

「待て、達哉」

「放せ！」

よほど物足りないのか、達哉をベッドにとどめようとした夏生ともみあいになった、そのときだ。

達哉の携帯の着信音が鳴り響いた。

「電話……」

「ほっとけ」

「そうはいくか。この音、研究室関係者だ」

夏生を突き飛ばすようにふりほどいた達哉は、慌てて電話に出る。

「もしもし」

『野瀬か』

聞こえてきたのは、同じ湯島研究室の助手、芝崎《しばさき》だった。彼は実質、湯島が不在の現在の研究室では、責任者の立場にある。夏生はあくまで客員の研究員なので、組織に組みこまれてはいないのだ。

「どうしましたか、芝崎さん」

『実はな、ナナが行方不明になった』

「なんですって……！」

『檻《おり》の鍵が開いていたようなんだが……』

電話の向こうの芝崎は、歯切れが悪い。

それもそのはず。

今日、最後に施錠をしたのは達哉だ。

つまり、鍵が開いていたのであれば、達哉の責任ということになる。

「すみません……！」

達哉は青ざめる。

こんな失態は、初めてだ。

『いや、君のせいと決まったわけじゃないし……。私も今、見回りの警備員から電話をもらったところなんだよ』

時計に視線を走らせると、夜の十時だ。

研究所のあたりは丘陵《きゅうりょう》地帯で、そのまま山地につながっている。ナナが迷いこんだとしたら、危ない。

「俺、今からナナを捜しにいきます！」

『私も、今から研究所に行く』

「本当に、すみません」

『……あまり思いつめないでくれ。君が、いつもしっかりやってくれていることは知っている』

混乱をしている達哉を落ち着かせようとしてくれているのか、芝崎の声は静かだった。彼は湯島のような変人をよくサポートしている人格者だ。

「……ありがとうございます」

切羽詰まった想いを必死に隠しつつ、達哉は電話を切る。

「夏生、俺は研究所に」

「俺も行く」

事情を説明しようと夏生を振り返った達哉だが、すでに夏生は着替えはじめていた。そして、車のキーまで握っている。

「待てよ、おまえには関係ないことだし……。客員の研究員なんだから」

「関係ない？」

不快そうに、夏生は眉をひそめた。

「おまえがやった、ミスなんだろ。じゃあ、俺にも関係ある！」

「夏生……」

達哉は思わず、言葉を失う。

それは、いったいどういう意味なんだろう？　昔からの、腐れ縁だから？　湯島が不在の間、達哉は夏生の指導生だから……？

「行くぞ、人手は多いほうがいいだろ？」

「……すまない」

達哉は俯き、くちびるを噛む。すると達哉は大きな手のひらを頭の上に載せ、軽く叩いてくれた。

まるで、励ますように。

ACT 6

達哉《たつや》が夏生《なつき》と一緒に大学に駆けつけたとき、すでに芝崎《しばさき》の他、数人の研究室のメンバーが集まっていた。

「本当に、申しわけありません」

駆けつけたとたん頭を下げた達哉に対し、みんな寛容だ。気にするなよ、と口々に言われて、ますます申しわけない気分になった。

「纐纈《こうけつ》先生まで来てくださったんですか」

「まあな。人手は多いほうがいいだろ？」

夏生は少し考えこむように、首を捻る。

「ところで、他には連絡したか？」

「警察と、保健所に」

芝崎が第一報を聞いてから、素早く行動してくれたようだ。達哉は、ますます恐縮してしまう。

「あとは、東山《ひがしやま》動物園とモンキーセンターにも連絡したらどうだろ。もしかしたら、人手出してくれるかもしれない」

夏生は、冷静に提案する。彼はどういう急場でもマイペースだ。だから、いつだって最善の策を提示することができるのだろう。

たしかに、動物園の飼育係にも来てもらえたら、これ以上心強いことはない。

——やっぱり、かなわないな。

慌てるだけだった達哉は、こんなときだというのに、夏生に見惚れてしまいそうになった。

「そうします」

部外者である夏生の口だしにも悪い顔をせず、芝崎は淡々と手配をはじめる。

研究所の周りは、真っ暗だ。

このあたりの丘陵から出なければいいが、町中や、木曽川の堤防までナナが迷いでてしまったら、たいへんだ。なにせ、ナナはこの研究所しか知らない。いくら知恵が回るとはいえ、心配だった。

——どうか、無事で。

達哉は、胸を痛めた。

最近、気分が上の空になっていた自覚はあって、その理由はまったく私的なことだった。そのせいで、こんなにも迷惑をかけている。自分がふがいないし、申しわけなくてしかたがなかった。

「よし、じゃあ達哉、車の中から地図とってこいよ。あと、筆記用具」

夏生はてきぱきとした態度で、指示してきた。

「え……？」

「闇雲に捜したって、意味ないし。おまえが仕切れよ。捜しそびれがないようにな」

夏生の黒い瞳が、じっと達哉を見つめている。

「そういう仕事、得意だろ？　俺みたいに思いつきで行動しないもんな」

いたずらっぽい表情になった夏生は、どことなく誇らしげな表情になった。

「高校時代から、そうだったたな」

「夏生……」

人前だというのに、達哉はつい名前で呼んでしまう。

夏生がそんなふうに、達哉のことを認めてくれているなんて、想像もしていなかった。

こんなときだからこそ、なんだか嬉しかった。励まされたような思いだ。

けれどももちろん、感慨に耽《ふけ》っている暇なんてない。

達哉は表情を引き締めて、集まっている人たちに頭を下げた。

「すみません。どうか、ナナを捜すのに協力してください」

今はとにかく、ナナに注力するべきだ。みんな、協力してくれるのだし。

反省はとりあえず横に置き、どうしたらいいのか考えるのだ。

地図をとりに車へと戻りながら、達哉は思考回路をフルに働かせていた。

＊　＊　＊

夏生が類人猿関係の研究室を持っている教授たちに連絡をとってくれたおかげで、小一時間もしたら、近隣の院生や学生がかけつけてくれた。動物園やモンキーセンターの人々も快《こころよ》く手伝ってくれて、日付が変わる前にナナは研究所の近くの公園で、ブランコに乗って遊んでいるのを発見された。怪我もなにもなく、元気な様子で、達哉を見つけると甘えてきた。

ナナはその手に、あるはずのない自分の檻の鍵を握りしめていた。

「……なんで？」

達哉はナナの手から鍵をとりあげ、呆然とする。鍵はちゃんと、研究所にあったはずなのに。

達哉の他の研究室のメンバーも、お互いに顔を見合わせている。

「この鍵、どこで保管されてるんだよ」

達哉の腕に抱きあげられたナナのつむじを探すように弄りながら、夏生は尋ねてきた。

「どこって……。心理学教室の教官室に、キーボックスがあるから、そこに」

「そんだけ?」

「……あ」

達哉は声を漏らすと、芝崎を振りかえった。

温厚な助手は、深々とため息をつく。

「湯島《ゆしま》先生が……スペアを持っていたはずです……」

「京介《きょうすけ》か」

夏生は、天を仰いだ。

真相は謎だが、現在ボルネオに出張中の湯島は、そういえば日本を発つ前日に、いやがるナナを羽交《はが》い締めにして別れを惜しんでいた気がする。もしかしたら、そのときにナナが、湯島から鍵を奪っていたのだろうか。

そして、湯島はそれに気づかないままだった可能性がある。なにせ出張の申請が通ったその日から、目に見えて浮かれていたから——。

誰も口に出さないが、同じことを考えたらしい。一同顔を見合わせてため息をついたあと、どこからともなく笑い声が漏れだした。

「ま、しゃーないって。京介も俺と同じで、好きなもののこと考えだすと、他に頭回らなくなるからさ」

夏生は、ぐっと達哉の頭を抱えこんだ。

「お疲れさん」

「……放せってば」

「いいから」

形ばかり身じろぐ達哉を、夏生は抱き寄せる。

——ったく、わかってんのか、わかってないのか……。

気が抜けたせいで、どうやら涙腺が緩くなっているらしい。ずっと自分を責めていた達哉は、ナナが見つかって安心したせいか、実は涙ぐみかけていた。

夏生のおかげで、その顔を誰にも見られずにすむ。

抱き寄せられ、頭をかいぐりされながらも、夏生に隠れるように達哉は泣き笑いの表情になっていた。

＊　＊　＊

「ま、これで一安心だよな」

ナナを無事に飼育舎に連れ戻した、その帰り道。夏生は、のほほんと呟いた。

自分が浮《うわ》ついていたせいでミスしたのかと、ひたすら自分を責めていた達哉は、主犯は湯島らしいと知って、少し気が楽になっていたところだ。そのせいか、気の抜けた笑みが漏れてしまった。

達哉は、夏生の車で研究所まで送ってもらっていた。今も、助手席に収まっていた。

「しかし、鍵を抜き取って開けるとはね。ま、大人のゴリラなんかは、幼稚園児並の知能があるわけだからな。不思議じゃないか」

夏生は、しみじみと呟く。

人騒がせな話だった。しかし、研究室のお姫様の思わぬ才能に、集まった人たちも笑うばかりで、誰かを責めようという雰囲気にはならなかった。警察に頼んだせいでマスコミにも知られたようだから、明日の新聞の地方版には、珍《ちん》ニュースとして掲載されるかもしれない。

「それにしても、京介らしい失敗だよな。達哉のせいじゃなくてよかったっていうのもへんだけど、おまえはあいかわらず思いつめる性格なのな。ナナ見つかるまで、死にそうな顔してたし。ったく、真面目すぎ」

「悪かったな」

悪態をつきながらも、視線が上がらない。

夏生は、小さく肩を竦めた。

「だいたい、おまえの性格上、ケアレスミスなんて、まずないだろうに。最初に自分のせいだって思うのも、性分かね。そういや、高校時代も人の仕事まで抱えこんでてさー」

「……わからないじゃないか。ミスは誰にでもある」

注意力散漫だったという自覚があるから、よけいに達哉は思いつめたんだと思う。

しかし、『ケアレスミスなんてしないだろうに』という夏生の言葉は、認めてもらえているようでちょっと嬉しかった。

「注意力散漫で?」

「まあな」

「ふうん?」

夏生は、思わせぶりに達哉へと視線を走らせた。

「なんか、自覚症状あったの？」

「……え」

達哉は、びくっと肩を震わせた。

「なーんか、調子おかしいもんな。なにがあったんだよ。相談に乗ってやるから、理由を話してみろって」

「おまえに相談するくらいなら、ナナに相談したほうがマシだ」

達哉は、くちびるを噛みしめる。

夏生が珍しく、達哉を心配してくれているのは嬉しい。でも、注意力散漫の原因に、理由を話せと言われても……——絶対に、彼にだけは言えるものか。

「可愛くないなー」

「ほっとけ」

「でも、なにもなかったとは言わないんだな？」

万事あっさりしている夏生には珍しいことに、今日はしつこく食い下がってくる。

「……ちょっと、疲れてるだけだ」

俯いたまま、達哉は呟く。

「……さっき、もうヤりたくないって言ったのも、そのせい？」

不意打ちされてしまい、達哉はどきっとする。

本当のことは言えない。

達哉は黙りこんでしまう。

しかし、夏生は引かなかった。

「おまえ、絶対なにかあっただろ？　言えよ！」

高圧的になられると、達哉も意地になってしまう。

「おまえには言いたくない」

ハンドルを握ったまま、夏生は達哉を振りかえった。

「どういう意味だよ、それ」

「どういう意味って……。言葉どおりだ。てゆーか、前見ろよ」

達哉は、車窓へ顔を向けた。

——おまえが好きだって気づいて、絶望的な気分になってんだよ！

心の中で、鈍い男を詰る。とはいえ、夏生が鈍いおかげで、つきあいが続いているわけだが。

「……まさかおまえ、京介が恋しくなってんの？」

夏生は、思いがけないことを言いだした。

「は？」

達哉は呆然としてしまう。それはいったい、どういう意味だ？

まさか、達哉と湯島の仲を邪推しているんだろうか。

――玩具でも、誰かに取られるのはムカつくってわけかよ。

どこまでも勝手な夏生に腹は立つし、初めて見せられた独占欲に、ほんの少しだけ喜んでいる自分に気づいて恥ずかしくなるしで、達哉は混乱する。そうしてつい、可愛げのないことを言ってしまった。

「そっちこそ、そろそろ俺に飽きてるんじゃないのか？　女のほうがいいってことなら……」

もう俺はやめとけよ、とは言葉にならなかった。どうしても、それだけは。

――こんなこと、言うつもりはなかったのに。

達哉はくちびるを噛んだ。

絶対に、夏生は不審に思っただろう。あやういバランスで保ってきた関係が、これで変わってしまう――。

「ちょっと待て……っ！」

夏生が体ごと振り向こうとしたので、達哉は慌てて彼を運転席に押し戻す。

「だから、運転集中しろって」

「……おまえ、車停めたら覚えてろよ」

「忘れる」

達哉は、ぽつりと呟く。

――みんな、忘れてくれ……！

自分が言ってしまった言葉を、みんななかったことにしてしまいたい。

とうとう、想いが溢れてしまった。達哉の独占欲に、夏生は気づいただろう。

もう、今までのような関係を続けることはできない。

夏生は、どう出るか。

これ幸いに、素直で可愛い女性を選んで、達哉を捨てるだろうか……。

――産土《うぶすな》学長の娘さんみたいな人とのほうが、おまえだって心穏やかに毎日過ごせるんだろうな。

いつか夏生を訪ねてきた、綺麗な女性の顔を達哉は思い浮かべた。

彼女ならば、夏生とぶつかることはなく、柔らかく受け止めることができるだろう。互いに体を重ねあっても、違和感なく。ごく自然に。

達哉にはできなかったことが、きっと彼女にはできるのだ。

ねたましさよりも諦めに似た感情で、達哉は胸が締めつけられたような気がした。

＊　＊　＊

夏生が車を停めたのは、五条川の川縁だった。土手の周囲には田んぼがつづく、田園地帯。

「……おい、夏生？　なんでこんなとこに……」

ずっとそっぽを向いていた達哉だが、夏生がブレーキを踏んだ瞬間、思わず彼を振りかえってしまった。

「ばーか。このまま、誰が帰すか」

夏生は、くちびるの端をつりあげた。

「おまえな……。今、何時だと思ってるんだよ」

「おまえが、妙なことを言いだすからだろ！」

「妙なこと……」

もどかしげにシートベルトを外し、身を乗りだしてきた夏生を押しのけつつ、達哉は言葉に詰まる。自分が独占欲を見せるのは、そんなにおかしいことだろうか。いったい夏生は、達哉をなんだと思ってるんだ？　いつも可愛げのない態度しか見せないから、夏生がなにしたって傷つかないと思っているのだろうか。

悔しさを押し殺しつつ、それでも夏生と縁を切りたくない一心で、達哉はごまかすように呟く。

「別に、深い意味はないけど……。でも、腐れ縁も腐りきってるかと——」

「腐れ縁？」

夏生は息を呑んだ。

——え……？

達哉は目を見開く。

夏生の反応は、思いがけないものだった。

達哉なんかの言葉で、彼がそんな表情を……——傷ついたような顔を、するなんて。

「……腐れ縁、だろ？」

なにが気に障ったのかわからなくて、いぶかしげに眉を顰めつつも、達哉は言葉を募る。

だって、自分たちの関係は、それでしかないはずだ。少なくとも、夏生にとっては。

ところが夏生は、ものすごい剣幕で詰め寄ってきた。

「腐れ縁でこの八年間、俺とつきあってきたのか？」

「違うのか？」

「おまえな……っ！」

「……っ」

達哉をシートに押しつけるように、夏生は押さえかかってくる。呼吸がくちびるにかかるほど近く、夏生は顔を近づけてきた。

「放せって……」

「信じらんねぇ。おまえのほうが、よっぽどデリカシーないじゃん」

達哉のくちびるに触れながら、夏生は呻く。

「……おまえに言われたくない」

「こっちの台詞だ！」

夏生は、達哉の肩を掴んだ。

「それでおまえ、まさか俺が『はいそーですか』って引くと思ってるわけ？　ふざけんな！」

「……おまえこそ、ふざけるな」

理不尽に詰られている気がする。人の気も知らないで、勝手なことばかり言って……。

達哉は、顔を背けた。

あまりにも噛みあわない自分たちが哀しくなって、いらだたしいような切ない想いが達哉の胸をいっぱいにする。

そして理性は押しだされ、達哉はつい感情的になってしまった。

「俺も学長の娘さんも、両方キープするつもりか？」

「はぁ？」

「結婚するんだろ」

自分で言葉にしておいて世話はないが、胸がずきんと痛んだ。

「おまえってそういうヤツだよな。自分はやりたいようにやるけど、人の気持ち、ちっとも考えていない。俺の気持ちも……」

「……ちょっと待て」

夏生は、達哉の顔を両手で挟むと、強引に視線を合わせた。

「痛っ」

首の骨が鳴る。しかめっつらをした達哉の眉間に皺が寄るが、そこに夏生は額を押しつけてきた。

「どうして俺が、あの人と結婚しなくちゃいけないんだ」

「そのために、一時帰国してるって、噂を聞いた。それに、廊下でこの間、派手に押し問答していたじゃないか」

達哉は、苦々しげに呟く。

「違うって！」

夏生は、大きく頭を横に振った。

「……もう話ついたから言うけど、俺、政府のプロジェクトで、オブザーバーとして招かれてたんだよ。そっちが本当の、来日の目的」

「え……」

夏生は達哉に額を押しつけたまま、ぽつりと呟いた。

「厚生労働省の少年犯罪者矯正プログラムの研究プロジェクトが非公式に動いてるんだ。……俺の専門は、応用行動分析だろ？　それで、モデルケースにって、国立の……ほれ」

夏生は、隣県にある児童自立施設の名前を口に出した。

「実家から、十分通えるからさ。研究所にいない間は、そっちに行って観察データ取ったり、まあ色々と」

夏生は小さく息をついた。どうやら不本意な仕事らしい。彼がそんな、人間らしく憂鬱な表情をするなんて思わなかった。

「でも、正直なところ俺は、行動プログラムの強化には反対の立場なんだよな。政府機関でどっぷり仕事すんのもごめんだ。……ってごねてたら、あの産土さんが言いだしたわけだ。『父に話をつけるから、籍は大学において、オブザーバーという形で政府のプロジェクトに参加してくれてもいい。幅広い意見を我々は求めているのですから、あなたが必要なんです』って」

「ちょっと待て」

達哉は、夏生の話を止める。

「産土学長の娘さんて……」

「厚生労働省のお役人だよ。知らなかったのか?」

「知らなかった……」

達哉は、呆然とする。

だって、あんなに華奢でかわいらしい人が、まさか官僚だとは。

「いやもー、まいったまいった。俺がなんかプロジェクトにケチつけるたびに、東京から押しかけてきて、根掘り葉掘りヒアリングすんの。いや、仕事できる人だと思うけど、どうも俺、お役人って苦手でさ。だいたいさ、最初俺はこんな仕事、断ろうと思ってたんだぜ。それなのに『あなたは必要なんです』の一点ばりで押し切られたんだよ、この俺が!

あいう直球で素直な相手に口説かれたことなかったから、もうどうしていいもんやら……」

「そうだったんだ……」

あまりにも意表を突かれて、達哉は相槌を打つことしかできない。

達哉の髪や頬を撫でていた夏生は、にやりと笑う。

「でも、結果オーライかな。達哉が妬《や》いてくれたわけだし」

「な、なんで俺が妬かないといけないんだよっ」

図星を指されて、達哉は顔を赤らめる。

「だって、達哉は俺が好きだろ？」

「……好きじゃない」

「まあ、そういうことにしておいてもいいけど」

夏生は肩を竦めた。

「情緒不安定になるほど、俺と濤子《なみこ》さんの仲を心配していたとはね……」

「……面白がってるだろ」

「そりゃね」

夏生は面白いかもしれないが、達哉はちっとも面白くない。ふてくされた気分で、呟く。

「どーせ、俺はおまえにとっては、ちょうど弄りがいがある玩具なんだろうな」

「なに言ってんの。恋人に嫉妬されたら、やっぱちょっと嬉しいじゃん。それもいやなのか、おまえ。本当にプライド高いな」

「……恋人？」

驚愕のあまり、達哉は夏生の顔を掴んでしまった。

「ちょっと待て、なんの話だ？　誰が恋人だ。誰が」

「なんの話って、それはこっちの話だよ！　おまえ信じられねー。俺の純情を返せ……」

被害者ぶったその言い方に、達哉の中のなにかがぷちんと音を立てて切れる。それはおそらく、理性だとか、プライドだとか、意地とか、そういうもので。

胸のわだかまりが、一気に吐きだされてしまう。

「だっておまえ、俺はそんな話聞いてないぞ。一年半も音信不通だったくせに！　その前は一年、その前は半年……！」

「なんだよ、『今日から恋人だ』って言わないと、そういうことになんねーの？　ひととおりヤったあとなのに、信じらんねー！　てゆーか、顔痛いから手ぇ放せって」

声を荒げた達哉に負けない勢いで、夏生も声を張りあげた。

「だいたい連絡できなかったのは、おまえが『修論終わるまで邪魔すんな』って言ったからだぞ！　その前は卒論、その前は教育実習……！　俺だって、我慢してたんだからな。おまえに会えなくて、色々たまっちゃったりするから、気を紛らわせるために仕事がんばったりしてさ。おかげでこの一年半、俺がどれだけ論文書いたり、講演会引き受けたりしたことか……！」

「……え」

達哉は唖然《あぜん》とした。

「まさかと思うけど……。夏生、俺に気を遣ってたのか？」

「だっておまえが俺にしてくれる頼みごとって、そういうのばっかじゃん！　顔見せんな、邪魔すんなって！　でも俺、おまえの顔見ると抑えきかねーの。普段離れてるせいか、どうしても独り占めしたくなんの！」

夏生は腕組みをすると、子どもみたいなふくれっ面《つら》になる。

「だから、会わないようにと思って……。その、めったにないおまえの頼みだからさ……」

「嘘だ」

「なんで」

「おまえが他人のことを考えるなんて、ありえない」

「だって、そりゃ……。そりゃ、おまえのことだし、考えるよ。俺だって！」

夏生の黒い瞳が、じろりと達哉を睨んだ。

「だいたい、心理学やりはじめたのだって、おまえがわかんねーからだもん。空気読めないとか、察するってのが苦手とか、日本人失格な感じのこと言われても気にしないけど、おまえの気持ちわかんないのは困るじゃん。……結局、やっぱりわかんねーまんまだけど。実生活に役に立たねーよな、基礎研究って」

好きだとか、愛しているだとか、そういう言葉を言われたわけじゃない。

それなのに、なぜか達哉の胸は高鳴ってしまう。

——あ、ありえない……。

どうしようもなく情緒が欠落していて、脊椎《せきつい》反射で行動してるんじゃないかっていうくらい、本能的な男。それなのに、彼なりに達哉の気持ちを知ろうと、必死だったっていうことなのだろうか。

——会えないなら、電話で話をするとか……。そういうことは考えないのか、おまえは！

内心詰《なじ》りつつも口に出さないのは、意地を張って連絡を取ろうとしなかったのは、達哉も同じだからだ。

夏生が自分から人に連絡を取ろうとしない性格だということは、よく知っている。そういうマメさは期待できない。『電話するのメンドい。それに、声聞くと顔を見たくなる。会いにいったほうがいいじゃん』と言ってたくらいだ。

そういう男だということは、よくわかっている。

本当に、いいところばかりじゃない。

困ったヤツだ。

それでも、夏生しか駄目なのだと思うから、どうしようもない――。

お互いに、顔を見あわせてしまう。

まるで睨みあうように、いったいどれくらい見つめあっていただろう。

途方もない脱力感を味わいながら、達哉はぽつりと呟いた。

「……なんだったんだ、俺らの八年間」

「結論づけると、まったく意志の疎通がなかったってことじゃないのか……」

夏生は頭を掻いた。

「俺は、おまえが俺のこと好きだと信じてたんだけどな。だって、超プライド高いおまえが、俺にヤられて、あんあん言ってたんだもん」

「……あ…っ、は、よけいだ。おまえなんて、俺にアメリカに行く話もせず、ヤリ逃げしたくせに」

ぐったりとシートに背を預け、達哉は呻く。

「だからさ、俺は餞別もらったつもりだったんだよ。日本でやり残したこと考えてたら、おまえのことだけだったからさ。ダメモトでオネガイしてみたら、おまえは抱かれてくれたじゃん」

夏生はサイドブレーキを乗り越え、助手席に移ってきた。

「……狭い」

「いいじゃん、密着できて。——だからさ、あの高校時代……。おまえが俺の転校の話知らなかったってあとで聞いて、もしかしたらおまえ、俺に気があるのかなーって思ったわけ。餞別のつもりでヤらせてくれたんじゃないってなら、俺とヤりたかったってことか、両想いだったんだ、って。そのあとだって、おまえは一度も『いや』って言わなかったし、恋人だって思うだろ、フツー」

「……知るか、そんなこと！」

ぐったりとしたあと、猛烈に腹が立ってきた。そんなこと、一人で納得されたって、まったく達哉にわかるはずがない。

「……俺だって、おまえが腐れ縁のつもりだったなんて、知らなかったよ……」

夏生は大型犬みたいに、べったりと懐いてきた。

「くそっ、俺の純情踏みにじりやがって」

「それはこっちの……」

台詞だ、と言いかけて、達哉は慌てて口元を覆う。

顔を上げた夏生は先ほどまでしおれていたくせに、達哉がよく見慣れた、あの不遜《ふそん》な笑顔になっていた。

「達哉が純情？　……それはそうかも」

「俺はなにも言ってない」

達哉は眉を寄せる。

実は両想いでしたと言われても、なかなか素直になれない。照れ隠しもあって、ますます態度がひねくれてしまう。

一人で盛大に勘違いして、腐れ縁のセックスフレンドでもいいから傍にいたいと思いつめたなんて、あまりにも恥ずかしすぎた。

けれども、胸の奥からこみあげてくるものがある。

意地を張るように引き結んだくちびるが、どうしても震えてしまった。

ずっと欲していたものは、すぐそこにあったのだ。

意地やプライド、臆病さや不安、恋につきまとうありとあらゆるものに惑わされ、気づかなかっただけで。

「……素直じゃないな、この口は。でも、ま、いっか」

いたずらっぽく、夏生は笑う。

「話をするだけが、口の使い道じゃないからな」

「あ……」

夏生はふいに達哉を強く抱き竦めた。

そして、男らしいくちびるは深く、達哉へと重ねられたのだ。

抗議の声を、すべて吸いとるかのように。


「……っ、ふ…、ん………く…」

顔を少し傾けあい、くちびるをしっとりと重ねる。喉の奥まで開いて、夏生の舌を受け入れた。

いつのまにか、慣れたキスだ。そして、この先もずっと、このキスしか知らないだろう達哉は、きっと幸せものなのだ。

「なぁ、達哉……」

少しくちびるを浮かせて、夏生は囁く。

「ん……？」

「手……」

「ああ」

抱きしめるよう促されて、達哉はおずおずと夏生の大きな背中に腕を回す。

「なんか照れるな」

「なんで」

「だっておまえ、いつもちょーマグロだったから」

「馬鹿っ」

達哉は、軽く夏生の背中をつねった。

「痛いなー、もう」

「おまえが悪い」

「だって本当のことじゃん」

夏生は、こつりと額を押しつけてくる。

「イってるってことは感じてるってことなんだろうけど、おまえがどうすればもっとよくなるか、よくわかんなくて」

夏生は首を傾げながら、ぽつりぽつりと呟く。

「いいのかなーって、思うことも、あった」

「……」

まっすぐな目で囁かれて、達哉は顔を伏せてしまう。

達哉はずっと、夏生は人間の血が薄いケダモノで、どうせ脊椎反射で行動しているから、なにも考えていないだろうと思っていた。

けれども、彼だって悩む。

考えるのだ。

もっと早くに気づいていたら、達哉も少しは素直になれたかもしれない。達哉が夏生を前に惑っているように、夏生も達哉に惑っていると知っていたら。

——一方通行じゃ、なかったんだ。

達哉は夏生の背を指で辿り、首筋をそっと撫であげる。

そして、窮屈な姿勢ながら脚を開き、夏生の体を挟みこんだ。

自分よりも、大きな体。いつまで経っても子どもみたいにしがみついてくるくせに、こういうときには揺るぎなく、達哉を包みこもうとしてくれる。

「……っ」

夏生の顔が、うっすらと赤くなる。自分の些細《ささい》な仕草で、彼がそんなふうに反応するなんて、驚いた。

「夏生……？」

「馬鹿、喜ばせるなよ！」

夏生はたがが外れたように、達哉の体にむしゃぶりついてくる。

「あ……っ」

「なあ、どこがいい？　こういうとこ、好き？」

達哉の欲望を指先で探りながら、夏生は尋ねてくる。

窮屈な姿勢だった。ぴったりと体を引っつけているから、いつもよりも夏生の体温や息遣いがダイレクトに伝わってくる。さすがに服を全部脱ぐことはできなくて、熱を強く感じられる、触れたい場所を乱しているだけだというのに。

そのせいか、ものすごく興奮していた。

「……っ、あ……だめ、だ……、そんなに強くしたら」

「濡れてるじゃん。いっぺんイけよ」

「や……」

息を乱しながら、達哉はしきりに頭を横に振った。直接欲望を弄られて、敏感な先端を指で嬲《なぶ》りたおされる。そんなことをしたら、駄目だ。今にも、達してしまいそうになる。

「早く欲しい」

荒く息をつきながら、夏生は囁く。彼の声は掠れて、熱っぽかった。

達哉と同じで、いつもより興奮しているらしい。太ももに当たる彼の体の一部は、すでに硬くなっていた。

「……おまえは？」

何度も何度も繰りかえされる口づけの合間に問うと、夏生は小さく笑う。

「俺は、おまえの中でイきたい」

「……あ…」

ぞくりと背中を震わせて、達哉は喘ぐように囁く。

「そこ……もういいから、中……っ、一緒に……」

「直《じか》に欲しい？　俺を待っててくれるんだ」

「……っ」

脚を不自然に広げられ、窮屈に膝を折られる。ドアやらサイドブレーキやらに脚が当たって、ちょっと痛い。あとで、青あざになるかもしれない。

でも、早く夏生が欲しくて、ひとつになりたいばかりで、自分の体を気遣うことは後回

しになっていた。

「……っ、く…ぅ……」

達哉の先走りで濡れた夏生の指先が、達哉の後孔を開けようとする。彼なりに、大切にそこを開けようとしてくれていることがわかるから、よけいに体が熱くたかぶっていく。

セックスなんて、もう何度もしている。けれども、想いが通いあっているとわかった上で体を重ねる悦びは、またひとしおだ。快感も、いつもより鋭く強く、そして深いものになっていくのだ。

「……っ、あ……なつ…き……」

「イイか？　達哉」

「ん……」

「俺も、すげーイイ……」

奥深く、達哉の中に夏生が入りこんでくる。

本来は、重ねるべき体のつくりではない。けれども、四苦八苦しながらつながろうとする。それもみんな、相手が夏生だからだ。

夏生だから、振り回されようが、惑わされようが、心労ばかり募ろうが、傍にいたいと願うのだ。

一方通行でもかまわないと、覚悟を決めてすらいたけれども、夏生なりに自分を想っていてくれたのだ。嬉しくてたまらない。それがどれだけ不器用で、傍迷惑《はためいわく》な想いでも。

もっと上手に愛してくれる人、心安らかになれる人がいたとしても、達哉は夏生がいい。自分が認め、並び立ちたいと思うほどの相手に恋をして、相手にも想われている。多少苦労したって、達哉は幸せ者なのだ。

「……好きだ……」

囁かれた瞬間、達哉は全身を紅潮させた。達哉を喜ばせるのもがっかりさせるのも、夏生はお手のものだ。

達哉はくちびるを震わせて、声にならない声を漏らす。夏生に届いたかどうかわからないが、胸に秘めていた気持ちをくちびるに刻んだとたん、達哉の頬を涙が伝った。

＊　＊　＊

「俺のこと好きだろ?」

「嫌いだ」

「なあ、好きだろ?」

「嫌い」

助手席のシートを倒して、体を引っつけあい、互いに衣服を乱したまま、押し問答を続けている。

好きかと尋ねてくる夏生。嫌いだと言い張る達哉。

なかなか、関係は変わるものじゃない。けれども、くすぐったいような気持ちで、達哉は夏生のぬくもりを感じていた。

「素直じゃないな」

「……悪かったな」

素直じゃないことは引け目ではあるので、達哉の声のトーンは少し落ちる。

すると夏生は小さく笑い、達哉の頭を胸元に抱き寄せた。

「ま、いっか。おまえが俺を好きだってことは、よくわかってるし」

「勝手に決めるな」

「素直じゃないな」

「うるさい」

「うんうん、照れてるのか」

「おまえな……っ」

「……好きだろ？」

まるで不意打ちのように、夏生は真摯《しんし》な眼差しになる。

そして、ゆっくりと顔を近づけてきた。

「……っ」

達哉は言葉に詰まる。

いきなり真面目な顔をするなんて、反則だ。

この男には、本当に一度も勝てたことがない。

きっと、この先も。

コンプレックスを刺激されたり、決して楽しいことばかりじゃないのに、それでも達哉はこの男から離れられないのだ。

よりにもよって、他人の気持ちを察することができない男が、まったく素直じゃない達哉を、相性最悪の相手をうっかり選んで、すれ違ってばかりの恋愛を選んでしまったように。

震える達哉のくちびるに、夏生はそっと口づけてきた。

その甘さに免じて、今だけはしおらしくしていよう。せめて、態度だけでも……——達哉は目を閉じ、そっと夏生の背中に腕を回した。

あとがき

こんにちは、初めまして。柊平《くいびら》ハルモです。

早いもので、ガッシュ文庫さんでは四冊めの本となります。今回は、今までのシリアスでセンチなお話とは違って、ちょっぴりラブコメ、ところによりセンチという感じになっています。当社比的には強気なコンプレックス持ち受と、傍若無人で押せ押せな攻の、不器用な恋愛をお楽しみいただけたら幸いです。

あんまりお仕事では書いたことがないタイプのお話なので、読んでくださった方がどう思われるのか、ちょっとびくびくしているのですが、お気軽にご感想などをお聞かせいただけたら嬉しいです。

ネタ的には、えーっと、実在の人物・団体とは一切関係ありませんと、あらためて主張してみたり。たとえ、どこかで聞いたような話だったとしても……ということで（笑）。今回は大学の研究所が舞台になっているお話ですが、大学といえば、私は今でも卒論間に合わない夢とか、単位を落とす夢見て飛び起きることがあります。この間は、四年生で単位落として卒業できないって言われる夢見て、それがあまりにもリアルだったせいか、起きてからしばらく「あと一年なんて絶対に学費出してもらえないし、休学して学費稼ぐしかないの!?」とパニックを起こしてしまいました。そして、自分がもう大学卒業していることに気づくまでに、しばらく時間がかかったのでした。遠い目。なんというか、夢の中でまで不真面目な学生だったツケを払わされつづけている気分です……。

今回のイラストは、高永《たかなが》ひなこさまです。漫画の大ファンで、イラストをお願いしたのはこれで二度めになるのですが、お仕事を引き受けていただけて本当に嬉しかったです。雰囲気のある素敵なイラストを、本当にありがとうございました。またご縁をいただけることがありましたら幸いです。どうぞよろしくお願いいたします。

ご迷惑をおかけした担当さん、いろいろと申し訳ありません。本当にありがとうございました。次に予定をいただいているのはずいぶん先だったかと思いますが、今度こそご迷惑をおかけしないようにしたいです……。今後ともよろしくお願いいたします。

末筆になりましたが、もう一度あらためて、読んでくださいました皆様には心の底からの感謝を。本当にありがとうございました。またどこかでお会いできたら嬉しいです。どうぞよろしくお願いいたします。

柊平ハルモ

白衣萌えなので表紙の指定で
ひゃっほうとなったのもつかのま
本文イラストの指定には残念ながら
白衣がなかったので
せめてここで
描きました
☆
世界の山ちゃんはうまいですよね！
ふー
ふー
ツンデレ
ごちそうさまでした
高久尚子。

KAIOHSHA ガッシュ文庫

純愛本能
（書き下ろし）

純愛本能
2006年7月10日初版第一刷発行

著　者■柊平ハルモ
発行人■角谷　治
発行所■株式会社 海王社
〒102-8405
東京都千代田区一番町29-6
TEL.03(3222)5119(編集部)
TEL.03(3222)3744(出版営業部)
印　刷■図書印刷株式会社

ISBN4-87724-533-2

柊平ハルモ先生・高永ひなこ先生へのご感想・ファンレターは
〒102-8405 東京都千代田区一番町29-6
(株) 海王社 ガッシュ文庫編集部気付でお送り下さい。

KAIOHSHA ガッシュ文庫

ILLUSTRATION
大和名瀬
NASE YAMATO
ずっと好きでいさせて
柊平ハルモ
HARUMO KUIBIRA
好きだから、
抱かれても良かった…
切ないメロウラブ
真知は湖西グループ総帥のひ孫で、のんびりしたお坊ちゃん。グループの学校に編入し、昔なじみの一史に再会する。グループの会社員だった彼は、今は教師をしていた。一緒にいるうちに一史の事が好きになってゆく真知。一史と身体の関係を持つようになったのに、「好き」の気持ちは一方通行に思えて…。